Blaues Blut

Ein Fall für Eva Sturm auf Langeoog

Ostfrieslandkrimi von Moa Graven

Impressum
Blaues Blut
Eva Sturm ermittelt auf Langeoog - Der vierte
Fall - Ostfrieslandkrimi von Moa Graven
Alle Rechte am Werk liegen bei der Autorin
Erschienen im cri.ki-Verlag Leer (Ostfriesland)
Februar 2016
ISBN 978-3-945372-74-6
Umschlagfoto und Gestaltung:
Moa Graven - cri.ki-Verlag Leer (Ostfriesland)

Zum Inhalt

Wie fühlt man sich, wenn man erfährt, dass man gar nicht mehr lebt? Diese Erfahrung macht Alexander von Bruch, als er nach einem Urlaub im sonnigen Süden in seine alte Villa in Dornum zurückkehrt. Er merkt gleich beim Aufschließen der Tür, dass etwas nicht stimmt. Warum gibt es keine Post? Wo ist seine Haushaltshilfe? Nur auf dem Wohnzimmertisch liegt eine alte Zeitung, in der steht, dass er vor Kurzem gestorben ist. Er liest seinen eigenen Nachruf. Was hat das zu bedeuten? Wem kann er noch trauen? Er wendet sich an Eva Sturm, die er auf der kleinen ostfriesischen Insel Langeoog kennenlernt, und bittet sie unter einem harmlosen Vorwand um Hilfe.

Sind wir nicht alle
ein bisschen Eva?

Der Frühling naht

Eva Sturm lief an diesem Morgen bereits zum wiederholten Male zum Fenster. Es war ihr eindeutig zu ruhig. Gleich war es elf und Jürgen hatte sich immer noch nicht blicken lassen. Und auch sonst schien sich niemand darum zu stören, dass sie hochgradig nervös war. Und das wiederum lag daran, dass sie seit drei Tagen praktisch keine feste Nahrung mehr zu sich genommen hatte, weil sie abspecken wollte. Gleich um acht Uhr hatte sie sich in ihrem Schlafzimmer rücklings auf den Boden geworfen und fünfzig Sit Ups absolviert. So langsam wusste ihre Bauchmuskulatur wieder, wozu sie eigentlich mal gedacht gewesen war.

Sie hatte Mitte Februar bei einem Besuch mit Jürgen beim Italiener endgültig die Reißleine gerissen, als ihr Knopf von der Jeanshose geplatzt war, als sie die Hose diskret unter ihrem Pullover aufgemacht hatte, um überhaupt atmen zu können. Sie hatte den Pizzateller zur Seite geschoben und Jürgen hatte sie nur erstaunt angesehen. Tja, und seitdem war sie nicht mehr mit ihm beim Italiener gewesen. Aber das wiederum war seine Schuld. Sie wäre ja durchaus noch mitgegangen und hätte sich mit einem Salat begnügt. Doch Jürgen hatte klipp und klar erklärt, dass er nicht mit Kaninchen ausgehen würde. Basta. Und irgendwie hing seitdem der sogenannte Haussegen zwischen den beiden schief. Klar, wie sollte er bei seiner Größe auch verstehen, dass sie sich langsam kubisch fühlte. Bei ihm verteilte sich Pizza einfach besser. Ob sie ihm mal einen Kompromissvorschlag unterbreiten sollte? Vielleicht alle vierzehn Tage Pizza und Rotwein beim Italiener und den Rest Salat, Wasser und weitere kalorienarme Köstlichkeiten bei sich zuhause? Doch warum musste eigentlich immer sie klein beigeben? Er hatte sich doch wie die Axt im Walde verhalten. Und dabei war das Jahr für sie doch ganz nett zu Ende gegangen. Sein Mund, als er sie zum Jahreswechsel ... nein, daran wollte sie jetzt nicht denken, dafür knurrte ihr Magen zu sehr. Doch warum sollte sie eigentlich zu Kreuze kriechen? Er benahm sich doch albern, nicht sie. Ach verdammt, es war aber auch irgendwie langweilig ohne Jürgen. Ab und zu unterhielt sie sich ja ganz gerne mit einigen Touristen, doch auf der Insel, da war ihr niemand so richtig ans Herz gewachsen, außer eben Jürgen. Doch sie wollte den Inselbewohnern nicht Unrecht tun. Sie war es, die sich mit persönlichen Kontakten schwertat. Und das wiederum war ... ach, was nützte es denn, wenn sie sich hier den Kopf zerbrach? Es lief doch sowieso alles darauf hinaus, dass der

Kontakt zu Jürgen irgendwie wieder hergestellt werden musste.

Das Klingeln ihres Telefons riss sie aus ihren Gedanken.

»Hallo?«

Sie horchte. Nichts. Sie drückte den Hörer ganz nah an ihr Ohr, als wenn das etwas ändern könnte. Doch da war niemand. Jedenfalls keiner, der etwas sagte. War da ein Atmen? Es wurde ihr zu blöd und sie legte wieder auf. Es gab ja immer wieder Scherzkekse, die diese Streiche aus den Siebzigern wieder aufwärmten. Das erste graue Telefon ihrer Großmutter hatte ihr und ihrer Freundin auch einmal dazu gedient, dem Nachbarn den Abend zu versauen. Was machten Jugendliche eigentlich heute, um Erwachsene zu ärgern? Sie musste zugeben, dass sie da überhaupt nicht auf dem Laufenden war. Aber Telefonstreiche gehörten ganz bestimmt nicht mehr dazu.

Doch jetzt hielt sie nichts mehr in der Dienststelle. Sie zog sich ihre Jacke über und lief entschlossen in Richtung Touristinformation. Als sie dort ankam, hing ein Schild »Bin gleich zurück« in der Tür. Unentschlossen stand Eva da. Was hieß bei Jürgen schon gleich? Und wo war er denn jetzt um diese Zeit? Dann hörte sie ein glockenhelles Lachen hinter sich. Sie drehte sich um und wäre am liebsten im Erdboden versunken. Da kam Jürgen mit einer

11

Blondine im Arm, für die man einen Waffenschein brauchte. Wer um alles in der Welt war diese Frau?

»Hallo Eva«, rief Jürgen gut gelaunt, »wartest du schon lange?«

Na warte, das bekam er bei nächster Gelegenheit zurück.

»Nein, ich wollte nur mal ...«, druckste sie herum.

»Willst du mich nicht vorstellen«, quengelte der Vamp mit nasaler Stimme. Es war schon was dran, dass man im Leben nicht alles haben konnte.

»Das ist Rosa«, sagte Jürgen dann auch. »Sie macht hier ein verlängertes Wochenende auf Langeoog.«

Als ob mich das interessiert, dachte Eva und biss sich auf die Innenseite ihrer Wange. »Nett, Sie kennen zu lernen, Rosa«, presste sie zwischen den Zähnen hervor. »Ich bin von der Polizei.«

Rosas Augen verdunkelten sich für einen Augenblick. »Polizei? Jürgen, das hättest du mir sagen müssen.«

»Ach, das ist doch nur Eva«, lachte Jürgen.

Und für dieses »nur« wirst du auch bezahlen, mein Lieber. Eva presste ihre Hände in den Taschen zu Fäusten.

»Was können wir denn für dich tun, Eva?«

»Ach, nicht so wichtig«, knurrte sie, machte auf dem Absatz kehrt und lief Richtung Strand. Jürgen? Wer war eigentlich Jürgen?

Kalt erwischt

Bereits als Alexander von Bruch die schwere Haustür aufschloss, ahnte er, dass dieser Tag ein ganz besonderer werden würde. Es roch nach abgestandenem Qualm. Und das, obwohl er doch meinte, alle Ascher vor seinem Urlaub, den er vor drei Wochen angetreten hatte, geleert zu haben. Aber man konnte sich ja auch irren. Vielleicht wurde er langsam vergesslich. Er schloss die Tür hinter sich und machte Licht. Es schien alles wie immer. Er wischte die argwöhnischen Gedanken beiseite und lief ins Wohnzimmer. Dort legte seine Haushaltshilfe in der Regel alle Post auf den großen schwarzen Tisch, wenn er verreist war.

Doch als Alexander von Bruch an den Tisch trat, lag da nicht viel außer einer Tageszeitung. Und die datierte von vor einer Woche. Was hatte das zu bedeuten? War seine Angestellte etwa krank geworden? Aber wo war dann seine Post? Er lächelte und ließ seinen Blick durch den großen Raum mit den bodenlangen Volants streifen. Eigentlich sollte ich jetzt bei meiner Haushälterin anrufen, ging es ihm durch den Kopf. Doch er fühlte sich einfach zu erschöpft in diesem Moment. Der Flug von Palma de Mallorca war anstrengend gewesen und er hatte entgegen seinen sonstigen Gewohnheiten darauf verzichtet, noch eine Nacht in Frankfurt zu bleiben, um Freunde zu besuchen, und war in den nächsten Zug Richtung Nordsee gestiegen. Von Emden aus hatte er sich ein Taxi zu seiner Villa in Dornum genommen.

Erst jetzt merkte er, dass es ihn fröstelte. Er lief in die Küche und setzte Wasser für einen Tee auf. Er sah in den Garten, während er wartete. Der lange Winter hatte alles in einen tiefen Schlaf geschickt. Er mochte diese Stimmung, in der alles in sich gekehrt schien. Der Wasserkocher klickte und holte ihn aus seinen Gedanken. Er goss das Wasser in die Kanne mit den Teeblättern, und während der Tee zog, brachte er seinen Koffer nach oben in sein Ankleidezimmer. Sicher war alles nur ein großes Missverständnis, ging es ihm durch den Kopf. Vermutlich hatte seine Haushälterin überraschend die Grippe bekommen. Das war ja nun wirklich nicht ungewöhnlich um diese Jahreszeit. Und sie war auch nicht mehr die Jüngste. Musste er sich vielleicht nach einer neuen Hilfe umsehen? Das würde ihm schwerfallen, da er mit den Jahren immer weniger Vertrauen zu Menschen fand, die er nicht kannte. Er verzichtete darauf, seinen Koffer auszupacken und ging wieder in die Küche und schenkte sich einen Tee ein.

Im Wohnzimmer setzte er sich an den Tisch und starrte auf die Zeitung. Da er sich dadurch abzulenken hoffte, blätterte er sie auf, obwohl er eigentlich niemals alte Zeitungen las. Vieles von dem, was er überflog, interessierte ihn tatsächlich nicht, bis sein Blick an einer Titelüberschrift hängen blieb, die das Blut in seinen Adern gefrieren ließ. »Wir nehmen Abschied von Alexander von Bruch«, stand da in der Überschrift. Das jetzt zu lesen war unheimlich. Er las den Artikel immer wieder und trank seinen Tee. Er schluckte, als er las, dass Alexander von Bruch aus Dornum an einem nebligen Februarmorgen mit seinem Jaguar auf tragische Weise bei einem Verkehrsunfall auf der Landstraße Richtung Norden gegen einen Baum geprallt war. Vermutlich sei das Unglück bei einem riskanten Überholmanöver oder überhöhter Geschwindigkeit geschehen, da könne man nur mutmaßen. Er sei sofort tot gewesen. Angehörige gebe es keine. Nein, schrie es in ihm, ich bin nicht tot. Es fühlte sich komisch an. Er musste jetzt mit jemandem reden.

Der Vamp muss weg

Was dachte sich Jürgen eigentlich dabei, sie so auflaufen zu lassen? Wütend pfefferte Eva den Kugelschreiber auf den Boden. Er war ja so gewöhnlich ... wie alle Männer. Kaum kam eine blöde Blondine daher, warfen sie alle Versprechen über Bord. Doch er hatte ihr nichts versprochen. Hätte sie ihn doch bloß nicht in der Silvesternacht geküsst, oder sich küssen lassen, je nachdem. Was war das überhaupt für eine Rosa? Wenn sie nicht wie ein eingeschnappter Teenager weggerannt wäre, dann wüsste sie jetzt mehr über diesen fleischgewordenen Männertraum.

Eva sah frustriert zur Uhr. Gleich war es erst zwei. Der ganze Nachmittag lag noch vor ihr und sie wusste nichts mit sich anzufangen. Die kleine Insel war fast menschenleer. Die Touristen waren weg und die Einheimischen verkrochen sich hinter ihrem Ofen. Klar, sie wollten auch mal einfach ihre Ruhe haben. Aber was machte man in so einem Fall von depressiver Stimmung als Polizistin? Man durfte es ja gar nicht laut aussprechen, dass sie sich wünschte, dass endlich wieder etwas passierte, damit sie sich ablenken konnte. Doch es passierte nichts. Jedenfalls nicht bis siebzehn Uhr, als Eva zerknirscht die Tür der Dienststelle abschloss. Lustlos schlenderte sie in Richtung ihrer Wohnung. Doch da wartete ja auch niemand auf sie. Und sie wusste nur zu gut, dass es ihr verdammt schwerfallen würde, sich mit einem Buch zu entspannen. Dafür war sie viel zu aufgekratzt. Oder man könnte auch besser sagen, sie war sauer.

Also bog sie in Richtung eines Lokals ab, das selbst jetzt im Februar noch aufhatte. Wie erwartet war sie praktisch die Einzige hier. Nur ein Tisch weiter hinten war besetzt. Sie hörte, wie sich eine Frau darüber ausließ, dass man heutzutage kaum noch jemandem trauen könne. Moment mal? Kannte sie diesen nasalen Tonfall nicht von irgendwoher? Genau, es war diese Rosa. Eva schlich sich vorsichtig an, ohne dass die beiden sie bemerkten. Da saß er, dieser Verräter! Eva wollte sich schon wütend wieder abwenden, als sie hörte, wie er dieser Amazone etwas erwiderte. Moment, das war doch gar nicht Jürgens Stimme. Jetzt wurde Eva doch neugierig, mit wem der Vamp sich da vergnügte. Es war ein Mann in gut sitzendem Anzug mit leicht angegrauten Schläfen. Mehr konnte sie von hinten nicht erkennen. Aber er schien ein guter Vertrauter von Rosa zu sein. Sie fraß ihn geradezu mit ihren Blicken auf.

Irgendwie war Eva erleichtert, dass nicht Jürgen mit seinen Blicken im Dekolleté von Rosa versank, und ging beschwingt zu einem freien Tisch vorne mit Blick auf die Straße. Sie bestellte sich einen Fischteller und eine Flasche Weißwein. Es gab Dinge, die mussten unbedingt gefeiert werden. Nach dem Essen bestellte Eva sich noch einen Espresso. Da hatte sie doch tatsächlich die ganze Flasche Wein geleert. Jetzt musste sie wenigstens halbwegs wieder nüchtern werden, wenn sie nicht nach Hause torkeln wollte.

Gut gelaunt machte sie sich um kurz nach einundzwanzig Uhr auf den Weg. Aus dem Augenwinkel heraus registrierte sie, dass Rosa noch immer mit dem Typ Geschäftsmann beschäftigt war.

Sie wusste selber nicht, wie sie hierher gekommen war, doch plötzlich drückte Eva kurz darauf auf Jürgens Klingelknopf. Noch ehe sie zu sich kommen konnte, machte er auch schon auf.

»Eva? Ist was passiert?«

»Teils teils ...« Sie hielt sich am Türrahmen fest.

»Eva, du lallst ... hast du etwa getrunken?«

»Fisch«, säuselte Eva. »Köstlicher Fisch.«

Jürgen zog sie am Arm. »Alles klar. Komm lieber rein, bevor uns noch jemand sieht.« Er schob sie vor sich her bis ins Wohnzimmer. Dann drückte er sie aufs Sofa. »Bin gleich wieder da.« Er verschwand in der Küche.

Eva rieb sich die Augen. Es war so schön warm hier. Beinahe wäre sie eingeschlafen, bevor Jürgen mit einem starken Kaffee für sie zurückkam.

»Hier, der wird dir helfen, wieder munter zu werden.«

»Will ich das denn?«, kicherte Eva. Er antwortete nicht, reichte ihr den Becher und setzte sich ihr gegenüber in einen Sessel.

Eva nahm einen Schluck heißen Kaffee, schloss für einen Moment die Augen und wäre am liebsten im Erdboden versunken. Plötzlich wurde es ihr bewusst, wo sie hier war und wie lächerlich sie sich in den letzten Minuten gemacht haben musste. Sie wurde schlagartig nüchtern. Jürgen sah sie nachdenklich an. Ihr Auftritt musste also wirklich unterirdisch gewesen sein.

»Es ... vielleicht gehe ich jetzt besser«, sagte sie leise und machte Anstalten, aufzustehen.

»Schon gut«, sagte Jürgen und bedeutete ihr, sitzen zu bleiben. »Wir haben alle mal einen schlechten Tag. Ich würde es schön finden, wenn du noch bleibst.«

Eva stellte den Kaffeebecher ab und räusperte sich.

»Frag ruhig«, sagte Jürgen.

»Was?«

»Na, du willst doch wissen, wer Rosa ist, oder?«

Eva nickte.

»Es ist nicht so, wie du denkst«, fuhr Jürgen fort.

»Ach, was denke ich denn?«, platzte es aus Eva heraus. Sie hatte nun wirklich nicht vor, hier in die Rolle der Eifersüchtigen zu schlüpfen.

»Ich kenne Rosa schon seit vielen Jahren«, erklärte Jürgen besänftigend. »Sie war mit einem früheren Schulkameraden von mir verheiratet.«

»Und was macht sie hier?«

»Sie ist geschäftlich hier. Sie arbeitet für eine Firma, die Hotels mit Badartikeln ausstattet. Es war reiner Zufall, dass wir uns über den Weg gelaufen sind.«

Eva lehnte sich entspannt zurück. Okay, sie hatte sich lächerlich aufgeführt. Aber sie kannten sich und ihre Macken ja schon. Sie musste sich nicht schämen. Das machte eine engere Verbindung wohl aus, dass man man selbst sein konnte. Ja, vielleicht brauchte man das manchmal sogar.

»Es tut mir leid«, sagte Eva und sah Jürgen mitten ins Gesicht.

»Das muss es nicht ...«

»Danke.«

»Vielleicht war es auch nicht gerade fair von mir, dich da so auflaufen zu lassen«, gab er zu.

Allerdings nicht, dachte Eva und sagte: »Lass uns das Ganze einfach vergessen.«

Er nickte. »Soll ich uns noch einen schönen Rotwein aufmachen auf den Schrecken?«

»Gerne.«

Sie unterhielten sich noch über zwei Stunden und so nach und nach kehrte die alte Vertrautheit wieder ein. Es gab so einiges, was sie schon zusammen erlebt hatten. Und wenn Jürgen erzählte und lächelte, dann war da dieses kleine Grübchen am Kinn, das Eva verschmitzt betrachtete, wenn er es nicht mitbekam. Er war schon ein attraktiver Mann, den sich die eine oder andere Frau sicher gerne unter den Nagel reißen würde, wenn sie nicht aufpasste. Und die Urlaubssaison fing bald wieder an. Es gab Frauen, die alleine reisten. Eigentlich jede Menge. Was war, wenn da mal eine dabei war, die genau in sein Beuteschema passte?

»Ist was, Eva?«, fragte Jürgen plötzlich, als sie ihn mit verkniffenen Augen anstarrte.

»Was? Nein ... ach, ich glaube, ich bin müde.« Sie gähnte und reckte sich. »Besser, ich mache mich jetzt auf den   Heimweg.«
Ihre Welt war wieder in Ordnung. Aber das sollte nicht lange so bleiben.

Ab auf die Insel

Er schloss die Tür hinter sich und blickte zufrieden zurück. Nur mit einem Koffer als Gepäck stieg er in seinen Wagen und fuhr in Richtung Bensersiel. Die Straßen waren frei, der Frühling streckte seine Arme bereits aus. Ein gutes Gefühl, ging es ihm durch den Kopf. Er ließ das Beifahrerfenster herunter und atmete die frische Brise ein. So ließ es sich wahrlich leben. Beschwingt und zuversichtlich. Lange hatte er sich gewünscht, so unbeschwert zu sein, nach allem, was er erlebt hatte.

Er stellte den Wagen auf dem Parkplatz am Fähranleger ab und lief zur Fähre. Es waren noch nicht so viele Gäste an Bord, so dass er sich einen schönen Fensterplatz aussuchen konnte. Die Sonne schien bereits und wärmte sein Gesicht. Er knotete seinen Seidenschal auf und legte ihn vor sich auf den Tisch. Es fühlte sich so sinnlich an. Ganz anders als kratzige Baumwolle. Ihm stand der Sinn nach einem schönen Kaffee. Doch ob er den auf einer Fähre bekam, da hatte er so seine Zweifel. War er in der kurzen Zeit etwa schon zu anspruchsvoll oder gar ein Snob geworden? Er lächelte in sich hinein. Vielleicht. Aber wenn man die Mittel hatte, dann sollte man sein Leben in vollen Zügen genießen und sich nur das Beste gönnen. Er rieb seine Hände aneinander. Er entschied sich gegen einen Kaffee und holte sich stattdessen eine Flasche Wasser. Da konnte man nicht viel falsch machen.

Die Überfahrt dauerte nicht lange und er ging mit einem Lächeln im Gesicht von Bord. Er kam sich für einen Moment wie Robinson vor, der eine einsame Insel betrat. Eigentlich war das nicht sein Stil. Er brauchte das Leben der Großstadt. Jetzt mehr denn je. Und hier schien alles zu schlafen. Er lief durch den feuchten Sand in Richtung seines Hotels. Nachdem er eingecheckt hatte, ließ er sich einen Obstsalat und einen Kaffee aufs Zimmer bringen. Und nach einer halben Stunde fragte er an der Rezeption nach der Polizeistation.

Nach nur wenigen Minuten klopfte er an Evas Tür.

»Herein«, kam es brummig von drinnen. Er machte auf.

»Guten Morgen«, sagte er.

Eva blickte kaum auf und murmelte etwas, dass man mit ein wenig gutem Willen wie eine Begrüßung durchgehen lassen konnte.

»Ich hoffe, ich störe Sie nicht«, sagte er und lief auf ihren Schreibtisch zu.

»Was kann ich denn für Sie tun?« Erst jetzt bemerkte Eva, dass sie einen recht hübschen jungen Mann vor sich hatte.

»Ach, es ist sicher nur eine Lappalie«, wiegelte der Mann ab. »Aber ich dachte mir, es ist besser, ich melde es doch.«

»Glauben Sie mir, das meiste bei meiner Arbeit sind Lappalien«, sagte Eva und rückte auf ihrem Stuhl hin und her. Wieso hatte sie ausgerechnet heute ihre Haare nicht gewaschen? »Gerade auf einer Insel kann man keine rasanten Verfolgungsfahrten erwarten.« Sie versuchte, zu lächeln. Es misslang.

»Na ja, mir liegt das Stadtleben auch mehr«, fuhr der Mann jetzt fort. »Sie stammen also nicht von der Insel?«

»Gott bewahre.« Eva bekam langsam Spaß an der amüsanten Abwechslung. Konnte sie doch so Jürgen für einen Moment aus ihrem Kopf verbannen. »Eigentlich habe ich zuletzt in Braunschweig gearbeitet.«

»Wie kommen Sie von dort denn in diese Einöde?«

»Ach, das ist eine lange Geschichte. Aber wir sollten uns jetzt vielleicht doch lieber um Ihr Anliegen kümmern. Sie wollen doch sicher Urlaub machen, oder irre ich da?«

»Sie haben recht. Ich wollte mal ein paar Tage aus dem Trubel raus. Einfach mal abschalten, wie man so schön sagt.«

Er fingerte an seinem Seidenschal herum und Eva bemerkte, dass er sehr schöne schmale Hände hatte für einen Mann. Sicher hatte er noch nie einen Hammer oder eine Schaufel in der Hand gehabt.

»Und jetzt ist also etwas passiert und Ihre gute Laune ist getrübt?«

»Ach, wie gesagt, eigentlich gar nicht so wichtig. Aber ... also, als ich von der Fähre ging, da war meine kleine Herrenhandtasche verschwunden.«

Herrenhandtasche? Eva biss sich auf die Zunge, um nicht zu lachen. So etwas würde Jürgen nicht mal denken.

»Sie möchten also einen Diebstahl melden?«, fragte sie und räusperte sich.

»Das ist es ja. Ich weiß ja nicht, ob sie mir gestohlen wurde. Vielleicht habe ich sie auch verloren.«

»Hm ... aber dann könnte es ja auch trotzdem sein, dass sie hier abgegeben wird. Insofern war es sicher ganz richtig, dass Sie hergekommen sind. Und wie wir schon festgestellt haben, ist hier auch genügend Zeit für so etwas. Wie ist denn Ihr Name?«

Er machte Anstalten, sich auf den Besucherstuhl zu setzen. Eva nickte ihm aufmunternd zu.

»Mein Name ist Alexander von Bruch, ich wohne in Dornum.«

Aha. Ein Blaublütiger. Eigentlich hätte sie es sich ja denken können bei den Händen. Spielte sicher Klavier, wenn andere zur Arbeit fuhren.

»Okay, ich werde mal ein Formular ausfüllen. Das gehört eben dazu.« Sie zog einen Bogen aus dem Schreibtisch, wo sie ein paar Kästchen ankreuzte und ihn dann bat, den Rest mit seinen Personalien auszufüllen und zu unterschreiben.

»Danke«, sagte er, als er fertig war.

»Keine Ursache, das ist mein Job.« Evas Blick saugte sich an seinen geheimnisvollen dunklen Augen fest.

»Hätten Sie vielleicht in den Nachmittagsstunden Zeit für einen Kaffee mit mir?« Ups. Der Mann ließ wohl nichts anbrennen. Doch das ging Eva eigentlich schon zu weit. Sie konnte sich doch nicht von jedem Touristen abschleppen lassen. Auch wenn es nur ein harmloser Kaffee war.

»Das ist nett, aber nein ... leider sieht es heute eher schwierig aus. Ich habe da noch ...«

Er nickte und lächelte sie an. »Kein Problem. Ich bin ja noch ein paar Tage auf der Insel. Vielleicht ergibt sich ja noch was.« Er stand auf und lief zur Tür, wo er sich noch einmal umdrehte und ihr einen schönen Tag wünschte.

Boah, dachte Eva. Es war wirklich erstaunlich, wie oft man sie hier auf Langeoog schon zu einem Kaffee eingeladen hatte. Meistens waren es Touristen, die alleine reisten. Und dann natürlich auch Jürgen. Ob es daran lag, dass die Zahl der zur Verfügung stehenden Frauen eher gering war? Auf jeden Fall hatte es so etwas in Braunschweig nicht gegeben. Da hatte sie immer alleine in ihrer Wohnung gesessen. Nicht einmal Kollegen hatten Anstalten gemacht ... ach, sie wollte jetzt nicht mehr in der Vergangenheit herumstochern. Sie legte die Anzeige von Alexander von Bruch auf den Stapel unerledigter Aufgaben und fuhr ihren PC hoch.

Treibgut

Der Körper schlug mit den Wellen im eiskalten Wasser hin und her. Immer wieder umspülte das kalte Nass ihr Gesicht. Ihre Arme ruderten mechanisch.

Ihr Kopf schlug hart gegen einen Widerstand. Vielleicht ein Stein oder ein Stück Holz. Sie spürte es nicht. Ihr Herz hatte schon lange aufgehört zu schlagen. Jemand zog an ihr. So völlig durchnässt war sie viel schwerer, als er gedacht hatte. Er hatte richtig Glück gehabt, dass es schon dunkel war, als sie an Land trieb. Meinte es das Schicksal vielleicht endlich einmal gut mit ihm, ging es ihm durch den Kopf. Ein bisschen tat es ihm weh, sie so zu sehen. Aber sie hatte doch selber schuld. Sie hatte alles kaputtgemacht. Alles hätte er für sie getan. Doch sie? Sie warf sich einem Mann an den Hals, der sie nicht verdient hatte. Es war doch immer das Gleiche mit den Frauen. Kaum war Geld im Spiel, da zählten Gefühle nichts mehr. Sie musste blind gewesen sein, wenn sie nicht sah, wie sehr er unter ihrer Kälte, die sie in seinem Herzen verbreitete, gelitten hatte.

Er hatte viel ertragen müssen in seinem Leben. Und jetzt mit ihr, da hatte er entschieden, dass endlich damit Schluss sein müsste.

Er schleppte sie an Land und hantierte noch an ihrem toten Körper herum. Er bemühte sich, sehr leise zu sein. Man wusste ja nie, ob nicht doch jemand hier am Strand entlanglief.

Beschienen vom Mondlicht sah sie immer noch schön aus, aber tot.

Gefühlswirrwarr

Eva konnte an diesem Abend nicht so richtig abschalten. Immer wieder ging ihr Alexander von Bruch durch den Kopf. Seine schlanken Hände, wie sie am Schal zupften. Sie fühlte sich an Märchen aus Kindertagen erinnert und dachte an den Prinzen, der auf einem Pferd geritten kam, um die kleine Eva abzuholen. Nur dass es in diesem Fall eine Fähre gewesen war, die den Traummann an Land getragen hatte. Und er wollte auch nichts von Eva. Diese Flirterei war sicher nur pflichtschuldigst geschehen. Leute in solchen Kreisen raspelten doch den ganzen Tag Süßholz, alleine, weil sie gut erzogen worden waren. Sie hatte in der Dienststelle nicht widerstehen können und seinen Namen in die Suchmaschine eingegeben. Heraus kam, dass er tatsächlich einem uralten Adelsgeschlecht entstammte, das in Dornum ein Schloss unterhielt. Sie fragte sich, warum er, wenn er Ruhe suchte, ausgerechnet nach Langeoog kam. War es denn in Dornum nicht auch schon ruhig genug? Gerade um diese Jahreszeit war an der Küste doch gar nicht so viel los. Und noch etwas war ihr komisch erschienen. Die Bilder, die im Netz angezeigt wurden, waren zwar schon etwas älter, aber eine konkrete Ähnlichkeit mit dem Mann, der bei ihr eine Anzeige aufgegeben hatte, konnte sie nicht finden. Aber wer wusste schon, was und wer sich alles im Netz herumtrieb. Und letztlich konnte ihr der Mann auch herzlich egal sein. Sie schaltete den Rechner aus. Anstatt hier Hirngespinsten hinterher zu jagen, konnte sie ihre Zeit wirklich sinnvoller auf dem Sofa verbringen.

Sie hatte auch Jürgen nicht mehr aufgesucht und er hatte sich auch nicht gemeldet. Sie hatte sich aber auch zu peinlich aufgeführt, als sie angeschickert in seiner Wohnung aufgekreuzt war. So langsam wurde es ihr hier auf der Insel zu eng. Den ganzen Tag fühlte sie sich von den Insulanern beobachtet. Doch es machte keiner Anstalten, sich mit ihr anzufreunden. Nach über einem Jahr machte sie sich da keine großen Hoffnungen mehr, dass sich das ändern würde. Und dieses ewige Hin und Her mit Jürgen ging ihr eigentlich auch auf die Nerven. Wie gerne würde sie wieder einmal in der Anonymität einer Großstadt abtauchen. Ob dieser von Bruch ihr da einen gehörigen Floh ins Ohr gesetzt hatte? Sollte sie einfach einen Versetzungsantrag stellen? Sie sah auf die Uhr. Gleich war es schon halb acht. Und gegessen hatte sie heute auch noch nichts Richtiges. Sollte sie doch noch bei Jürgen anrufen? Diät hin oder her, jetzt hätte sie liebend gerne mit ihm Pizza gegessen. Es gab einfach Rituale, die zusammenschweißten. Sie musste an ihren ersten gemeinsamen Fall mit Maren denken. Automatisch legte sich ein Lächeln auf ihr Gesicht. Sie hatten in der kurzen Zeit, die sie sich kannten, schon so viel miteinander durchgemacht. Und sie konnte sich immer auf ihn verlassen. Ob er sich wohl gerade mit dem Vamp unterhielt? Aber warum? Er hatte ihr doch erklärt, dass es eine ganz harmlose Bekanntschaft sei. Sie sollte wirklich mehr Selbstvertrauen haben, dachte sie bekümmert. Männer in ihrem Alter drehten jetzt erst richtig auf. Und sie? Sie fühlte sich wie aussortiert. Ob das allen Frauen Ende vierzig so erging? Und dass sie so an sich zweifelte, konnte doch unmöglich mit dem bisschen Übergewicht zu tun haben. Meine Güte, Million von Männern schoben Bierbäuche vor sich her. Da sagte doch auch keiner was. Aber wehe, eine Frau stieg morgens in eine Hose in Größe vierundvierzig. Da konnte sie sich auch gleich einen Sack umhängen. Und Jürgen hatte ihr immer wieder beteuert, dass es ihm egal sei, wenn sie zunahm. Aufmunternd hatte das allerdings nicht gerade auf sie gewirkt. Aber vielleicht sollte sie es mal als das sehen, was es war. Es war normal. Verdammt normal. Schließlich wolle sie sich ja nicht für ein Männermagazin entblättern, hatte er einmal zu scherzen versucht. Und vielleicht war genau das der Punkt. Den ganzen Tag sah man im Fernsehen und Magazinen nur gertenschlanke Frauen, meist leicht bekleidet. War es da ein Wunder, dass man gar nicht mehr in den Spiegel schauen mochte?

Eva hatte die Nase voll und griff zum Telefon.

»Hallo?«, kam es überrascht vom anderen Ende.

»Jürgen?«

»Hast du jemand anderen an meinem Apparat erwartet?«

»Nein ... also ich ... ähm ...«

»Eva? Geht's dir gut?« Er hörte sich ein wenig verschlafen an.

»Hab ich dich etwa aus dem Bett geholt?«, fragte sie und stellte sich vor, dass er in voller männlicher Pracht am Telefon stand, während der Vamp sich im Laken räkelte.

»Bett? Ne, ich hab ein wenig auf dem Sofa geschlafen. War nichts im Fernsehen. Aber warum rufst du an? Ist was passiert?«

Irgendwie war die Situation schon wieder viel zu verfahren. Ihre Leichtigkeit, als sie zum Telefon gegriffen hatte, war dahin. Der Vamp spukte in ihrem Kopf und sie hätte am liebsten einfach aufgelegt.

»Ich habe Hunger«, sagte sie dann doch.

»Den hab ich immer«, erwiderte Jürgen pragmatisch. »Gleich beim Italiener?«

Ach, es war so verdammt leicht mit ihm. Wenn sie nicht so verdreht wäre, wären sie wahrscheinlich schon verheiratet.

»Ja gerne. Ich mach mich fertig und geh dann los.«

»Bis gleich.«

Er hatte aufgelegt.

Eva klatschte sich im Badezimmer kaltes Wasser durchs Gesicht, rubbelte ihre Wangen rot und tuschte sich die Wimpern. Dann fuhr sie sich mit feuchten Fingern durchs Haar, damit die Locken besser herauskamen. Lippenstift? Sie sah fragend in den Spiegel. Nein, man sollte es nicht übertreiben, schließlich handelte es sich nur um Jürgen. Er mochte sie auch so.

Gutgelaunt kam Eva kurz darauf in der Pizzeria an und Jürgen winkte ihr von ihrem Stammplatz aus zu. Gewohnheit gab Sicherheit und fühlte sich so verdammt gut an. Zur Feier des Tages würde sie auch doppelt Käse nehmen.

»Gut siehst du aus«, sagte Jürgen anerkennend. »Du scheinst gute Laune zu haben.« Er schenkte ihr Chianti in ein Glas. Sie setzte sich zu ihm.

»Prost«, sagte er und sie stieß mit ihm an. »Ich habe dir schon deine Pizza bestellt. Ich hoffe, das ist okay.«

Sie nickte. Dann blieb ihr die sündige Extraportion Käse Gott sei Dank erspart.

»Ganz schön langweilig im Moment hier auf der Insel«, sagte er und sah sie nachdenklich an. »Fast könnte man dich beneiden, dass du es hier so lange aushältst.«

Konnte er etwa Gedanken lesen? Befürchtete er vielleicht, dass sie irgendwann gehen würde und ihn hier zurückließ?

»Ach, man gewöhnt sich ja an alles«, sagte sie obenhin. Durch das, was er in seiner Kindheit erlebt hatte, war er labil, was Beziehungen betraf. Sicher litt er genauso wie sie unter Verlustängsten. Am Weihnachtsabend war alles aus ihm herausgesprudelt. Und auch sie hatte sich ihm geöffnet. Nun wussten sie beide, warum sie Weihnachten nicht mochten. Und vielleicht auch, warum sie alleine waren und sich zueinander hingezogen fühlten. Es war das ewige Dilemma, dass man sich nichts sehnlicher als einen Partner wünschte und wenn er dann in greifbarer Nähe war, hatte man Angst vor der eigenen Courage und stieß ihn von sich. Doch das lief alles unbewusst ab. Jedenfalls bei ihm. »Ich bin mir sicher, dass, sobald die Sonne wieder höher steht, wir hier jede Menge zu tun bekommen.« Hatte sie etwa wir gesagt? Offensichtlich war es ihm nicht entgangen.

»Wie dem auch sei«, sagte er erleichtert. »Jetzt sitzen wir hier und lassen es uns gut gehen.«

Genau. Man muss die Dinge auch mal leicht nehmen. Das Essen kam und Eva aß sogar den Rand auf.

Sie unterhielten sich, als habe es die unschönen Dissonanzen gar nicht gegeben. Der Kellner brachte gerade die zweite Flasche Chianti, als Eva ein gut gekleideter Mann auffiel. Es war Alexander von Bruch. Er saß alleine an einem Tisch am Fenster und aß einen Salat. Typisch. Und es wäre ihr schon unangenehm gewesen, wenn er sie hier so halb beschwipst gesehen hätte. Ob er beobachtet hatte, wie sie sich völlig enthemmt die Pizza reinschob? Aber warum machte sie sich überhaupt so viele Gedanken um diesen Mann? So einer war doch für sie sowieso unerreichbar. Ihr Blick wanderte wieder in den sicheren Hafen zu Jürgens Gesicht. Man durfte ja wohl noch träumen. Aber was Bodenständiges tat eben gut. Sie nahm sich vor, den Blaublüter an diesem Abend nicht mehr zu beachten. Er würde bald wieder abreisen und sie würde ihn vergessen. Sie langte zu ihrem Glas und trank einen großen Schluck.

»Es ist schön, dich wieder so ausgelassen zu sehen«, sagte Jürgen und seine Augen strahlten. Er war eine ehrliche Haut. Er hatte keine Spielchen verdient.

»Schwamm drüber«, lachte Eva. Sie wischte mit ihrer Handfläche über die weiße Tischdecke und fegte damit ein paar Krümel des Pizzateigs herunter.

»Wir könnten gleich bei mir noch einen Wein aufmachen«, schlug Jürgen vor. Die Alarmglocken in Eva schrillten. Ihr Blick wanderte wieder zu dem Tisch am Fenster. Alexander von Bruch war nicht mehr da.

Eine Stunde später lag Eva im Bett. Und zwar in ihrem eigenen und alleine. Jürgen hatte sie noch bis zur Tür gebracht, als sie seine Einladung zu sich nett aber bestimmt abgelehnt hatte. Morgen sei noch so viel zu tun, hatte sie angedeutet.

In ihrem Kopf kreiste eine Achterbahn, doch übel war ihr nicht. Nein, vielmehr kitzelten kleine Schmetterlinge ihren Bauch, in dem sie Kapriolen drehten. Konnte es tatsächlich sein, dass sie sich jetzt endlich in Jürgen verliebt hatte? Selig schlief sie ein, ein Kissen im Arm.

Sie lag gerade bei Jürgen im Arm, als sie unangenehm von ihrem Handy geweckt wurde. Verwirrt schlug sie die

Augen nach diesem unheimlichen Traum auf. Auf dem Display blinkte auch noch Jürgens Name.

»Ja?«, fragte sie schlaftrunken, als sie abgenommen hatte.

»Es gibt eine Leiche beim Wasserturm«, sagte Jürgen.

»Leiche? Wieso?«

»Eine junge Frau. Es ist alles ganz schrecklich. Alles voller Leute.«

»Und was machst du schon da?«

»Keine Ahnung ... irgendwie bin ich wach geworden und hab aus dem Fenster gesehen. Dann hat jemand bei mir geklingelt.«

»Wieso das denn?«

»Eva, du fragst zu viel. Komm einfach her.«

»Na gut. Ich bin gleich da«, murmelte Eva und legte auf.

Da hatte sie endlich ihre Ablenkung im Leben, dachte sie bekümmert. Eine junge Frau im Februar tot am Strand. Das konnte nichts Gutes bedeuten.

Die Schöne und der Tod

Als Eva kurz darauf durch die Dünen rannte, war schon eine Menge Schaulustiger am Fundort der Leiche versammelt. Auch Jürgen war unter ihnen und lief ihr eilig entgegen.

»Es ist eine junge Frau.« Er zeigte in die Richtung des Wasserturms.

»Das sagtest du schon ...«, murmelte Eva.

Die Schaulustigen gingen auseinander, damit Eva zum Tatort gelangen konnte.

Im harschen Sand lag sie auf dem Rücken. Sie war mittelgroß und schlank. Ihr Gesicht zeigte auch im Tod noch eine Anmut, die sich schwer beschreiben ließ. Vielleicht lag es an den hohen Wangenknochen, die die tiefliegenden Augen, die durch lange dunkle Wimpern verschlossen waren, betonten. Sie sah so zerbrechlich aus. Dieser Eindruck wurde noch vom Licht der aufgehenden Sonne am Horizont betont, das dem ganzen Szenario etwas Unwirkliches verlieh. Und doch gab es keinerlei Zweifel, dass diese junge Frau sehr real und tot war.

»Wer hat sie gefunden?«, fragte Eva.

»Es war eine Angestellte der Bäckerei. Sie war schon sehr früh unterwegs.«

»Hier?«

»Ja. Angeblich läuft sie jeden Morgen hier am Strand entlang. Aber das kannst du sie ja nachher selber noch fragen.«

Eva nickte. »Hast du Ole Meemken schon angerufen?«

»Nein, ich dachte, das solltest du schon noch machen.«

Sie griff zu ihrem Handy und wählte die Nummer des Gerichtsmediziners. Dieser versprach, sich bald auf den Weg zu machen.

»Kannst du vielleicht die Leute wegschicken?«, fragte Eva.

»Na, ob die sich von mir was sagen lassen ...«

»Du machst das schon.« Eva winkte ab und Jürgen wandte sich den Schaulustigen zu. Während er versuchte, sie zu überreden zu verschwinden, beugte Eva sich noch einmal über der Toten herunter.

Ihre Haut wirkte wie feines chinesisches Porzellan. Sie war leicht blau angelaufen. Kein Wunder, wenn sie hier in der kalten Nacht gelegen hatte. Ihre Kleidung war völlig durchnässt. Das wies darauf hin, dass sie lange im Wasser gelegen hatte. War sie an Land getrieben worden? Hatte man sie über Bord geworfen? Ole Meemken würde hier ganze Arbeit leisten müssen, das ahnte Eva irgendwie jetzt schon. Sie sah, dass es keinen Ring gab. Die feinen schlanken Hände lagen leblos neben dem Körper. Eva schätzte sie auf höchstens Ende zwanzig. Eher jünger. Sie musste an Maren denken. Ob wieder ein kranker egoistischer Mann dahinter steckte? Was war bloß los mit dieser Welt, dass so eine blutjunge Frau sterben musste?

Jürgen hatte es tatsächlich geschafft, dass sie jetzt alleine auf den Gerichtsmediziner warteten.

»Was denkst du?«, fragte er.

»Hm ... sie tut mir leid.« Eva kam geräuschvoll aus der Hocke wieder hoch und atmete tief aus. »Sie war sehr schön«, sagte sie mehr zu sich selbst. »Warum musste sie bloß sterben?«

Bevor Jürgen etwas erwidern konnte, sahen sie, wie Ole Meemken mit seiner Tasche den Strand entlang gelaufen kam.

»Moin, Moin«, grüßte er, als er die beiden erreicht hatte.

»Hallo Ole, du siehst ja, was hier schon wieder los ist.« Jürgen reichte ihm die Hand.

»Eva, seitdem du hier auf der Insel bist, werden die Fälle immer undurchsichtiger«, stellte Meemken fest und nickte ihr zu.

»Ja, vielleicht hast du recht«, seufzte sie. »Ich habe bisher nicht feststellen können, warum sie tot ist.«

»Das ist ja auch mein Job«, knurrte Meemken und ging in die Hocke. »Sieht verdammt gut aus.«

»Das war mir auch schon aufgefallen«, stimmte Eva zu. »Viel zu jung und viel zu schön zum Sterben.«

»Jo ...«

Der Gerichtsmediziner zog sich Handschuhe über und fingerte an der Leiche herum.

»So auf die Schnelle kann ich nichts Außergewöhnliches feststellen«, sagte er nüchtern. »In Oldenburg sehen wir weiter. Vielleicht ist sie auch einfach nur ertrunken.«

»Nur? Also, ich glaube nicht, dass das hier ein Badeunfall gewesen ist. Na ja, du wirst dich sicher melden, wenn du etwas herausgefunden hast«, meinte Eva und machte Anstalten, den Tatort zu verlassen. »Ich werde dann mal mit der Zeugenbefragung anfangen. Wir hören voneinander.«

Sie lief los und Jürgen unterhielt sich noch eine Weile mit Meemken, bis die Kollegen mit dem Zinksarg eintrafen und die Leiche von der Insel wegschafften.

Eva lief in Richtung der Bäckerei, in der die Zeugin, die die Tote gefunden hatte, arbeitete. Es stellte sich heraus, dass sie von Kollegen und Kunden umringt immer wieder in den schillerndsten Farben schilderte, wie sie die Tote entdeckt hatte. Klar, für Langeoog war das ein besonderes Erlebnis, das sich gleich bei einem guten Frühstück mit frischen Brötchen in die Länge ziehen ließ. Als Eva sich zu ihr durchgekämpft hatte, fing das junge Ding gleich wieder von vorne an. Doch neben der Toten hatte sie eigentlich gar nichts Weiteres bemerkt, das hilfreich sein konnte. Also verabschiedete Eva sich alsbald, um sich umzuhören, ob noch jemand anderes etwas beobachtet haben könnte. Bis zum frühen Nachmittag war sie unterwegs, doch keiner hatte etwas gesehen oder gehört. Die Tote war offensichtlich lautlos gestorben und an Land gespült worden. Wie eine schöne Meerjungfrau. Nur dass es für sie leider keinen Weg zurück mehr gab.

Frustriert ging Eva zu ihrer Dienststelle und sah nach, ob Ole Meemken schon einen Bericht gemailt hatte. Leider auch da Fehlanzeige. Aber was erwartete sie eigentlich? Da die Tote nur ihre Kleider am Leib trug, wussten sie noch nicht, um wen es sich handelte. Also blieb Eva nichts weiter, als abzuwarten. Und bevor sie eine große Mordermittlung anstieß, musste sie ja erst einmal wissen, ob es sich überhaupt um einen solchen handelte. Vielleicht war die Tote ja auch unglücklich gewesen und hatte ihrem Leben selber ein Ende gesetzt. Wie tragisch, dachte Eva bekümmert. Sie wusste sich selber nicht zu erklären, warum ihr der Tod dieser jungen Frau so nahe ging. Verlor sie seit der Sache mit Heinrich Gerlach und den Briefmarkenfreunden die Distanz zu ihren Opfern? Jürgen hatte ja von Anfang an gemeint, dass sie sich viel zu sehr in die Sache reinhing, als sie auch noch die Enkelin in Ditzumerhammrich immer wieder persönlich aufsuchte. Vielleicht passierte das einfach, wenn man zu lange im Dienst war. Gerade als Frau. Sie musste unbedingt ihre eigene Mitte wieder in den Griff kriegen.

Die Tür der Dienststelle wurde aufgestoßen. Es war Jürgen, der nach ihr gesucht hatte.

»Na, hast du was Neues?«, fragte sie ihn mit einem Lächeln.

»Ich? Nö. Und bei dir? Was rausgekommen bei deinen Befragungen?«

Sie schüttelte den Kopf. »Totale Fehlanzeige. Auch Ole hat sich noch nicht gemeldet.«

»Na, das wäre ja auch wohl ein Wunder. Sicher setzt er gerade erst das Messer an.«

Wie feinfühlig, dachte Eva und musste grinsen. Ob sie jemals zu solch brachialen Einschätzungen fähig sein würde? Fast wünschte sie es sich. Endlich diese Schwermut loswerden.

»Und was machen wir jetzt?«, fragte sie.

»Kaffee?«

»Ja gut. Setzt du mal einen an? Ich werde nochmal die Liste der vermissten Personen durchgehen.«

Jürgen verschwand in der sogenannten Kochecke, wo eigentlich nur die Kaffeemaschine stand. Er hantierte geräuschvoll herum, so dass Eva sich nicht konzentrieren konnte. Doch von einer jungen vermissten Frau stand auch nichts in den neuesten Meldungen. Wenn sie so nicht weiterkamen, blieb ihnen wirklich nichts anderes übrig, als das Bild der Toten ans Fernsehen und die Zeitungen zu geben. So tragisch das auch für die Angehörigen sein mochte, wenn sie davon am Frühstückstisch überrascht werden würden.

Jürgen stellte einen dampfenden Becher vor sie auf den Schreibtisch.

»Danke.«

»Und? Gibt die Vermisstenliste etwas her?«

»Nein, leider nicht. Wir werden wohl oder übel an die Öffentlichkeit gehen müssen mit ihrem Foto.«

»Ja, klingt gut. Irgendjemand in Deutschland muss sie doch kennen.«

»Bestimmt. Sag mal, musst du gar nicht in deine Touristinfo?«

»Nein, da hab ich ein Schild aufgehängt, dass ich wegen wichtiger Ermittlungen zurzeit nicht erreichbar bin.«

»Du nimmst mich auf den Arm«, lachte Eva. Die gute Stimmung zwischen ihnen beiden tat ihr verdammt gut.

»Kann ich mich denn nicht irgendwie nützlich machen?«, fragte Jürgen.

»Hm ... vielleicht kannst du dich nochmal unters Volk mischen. Kann ja sein, dass dir doch noch jemand etwas sagt.«

»Du willst mich loswerden?«

»Ich will deinem Leben einen Sinn geben.«

Beide mussten lachen.

»Ist okay«, sagte Jürgen und trank seinen Kaffee zu Ende. »Aber ich bin in einer Stunde wieder hier.«

Als Eva wieder alleine war, fiel sie wieder in den Grübelmodus. Wie lange wollte oder konnte sie noch Polizistin sein? Was würde man über sie sagen, wenn sie jetzt von den Fluten erfasst würde und nie wieder auftauchte? Warum würde sich kaum jemand an sie erinnern?, fragte sie sich, denn davon war sie überzeugt.

Auf ihrem Bildschirm blinkte es. Eine neue Nachricht von Ole Meemken war eingegangen. Na endlich. Sie öffnete den Link und las, dass die junge Frau höchstwahrscheinlich ertrunken war. Äußere Gewalteinwirkung sei zunächst nicht zu erkennen gewesen. Aber es gab offensichtlich Spuren von Beruhigungsmitteln oder Schlaftabletten. Und am Ende hatte er geschrieben, dass sie ihn unbedingt anrufen solle.

Sie griff sofort zum Hörer.

»Das ging ja schnell«, sagte Eva, als Meemken abgenommen hatte.

»So schwierig war das diesmal auch nicht«, erwiderte der Fachmann.

»Ertrunken ist sie also. Das kann ja auch ein Unglück oder Selbstmord gewesen sein«, meinte Eva und stöhnte auf. »Vielleicht ist der Fall damit praktisch schon erledigt.«

Ole Meemken lachte triumphierend auf. »Nicht so schnell aufgeben, liebe Eva. Denn das Beste weißt du nämlich noch gar nicht.«

Sie presste den Hörer noch fester an ihr Ohr. Meemken hatte sie neugierig gemacht.

»Also ...«, hielt Meemken die Spannung. »Unsere Schöne hat sich nicht selbst das Leben genommen.«

»Sondern?«

»Tja, wie soll ich sagen. Zum einen hat man sie vielleicht leicht betäubt, aber so, dass sie nicht völlig bewusstlos wurde ...«

»Und zum anderen? Du machst es aber echt spannend heute.«

»Tja, zum anderen ist sie tatsächlich ertrunken und man hat dafür gesorgt, dass sie nach dem Ertrinken eine ganze Weile im Wasser trieb und nicht unterging.«

»Wie das denn?«

»Ehrlich gesagt, da habe ich keine Ahnung. Aber ich kann mit Sicherheit sagen, dass sie noch mehrere Stunden auf dem Wasser getrieben sein muss, irgendwie makaber. Ihre starke Unterkühlung und der Zustand der Haut weisen aber eindeutig darauf hin, dass sie nicht einfach nur am Strand abgelegt wurde.«

»Aber wie soll sie denn so lange an der Oberfläche geblieben sein?«, fragte Eva ungläubig. »Wenn sie tot war, dann hätte sie doch eigentlich untergehen müssen.«

»Tja, Fragen über Fragen. Aber ich habe etwas Interessantes an ihrem rechten Bein entdeckt. Sie hatte da so etwas Ähnliches wie Strangulationsmerkmale. Also, ich meine, dass es so aussieht, als ob sie ein Seil oder Ähnliches um den Fuß gehabt hätte. Und vielleicht auch an den anderen Gelenken, aber da ist das nicht so deutlich erkennbar, so dass ich noch weitere Untersuchungen anstellen muss.«

Eva verstand nur noch Bahnhof. »Was um alles in der Welt willst du mir damit denn jetzt wieder sagen?«

»Keine Ahnung. Die Aufklärungsarbeit ist dein Job. Ich schnippel hier ja nur herum.«

Na toll, dachte Eva. Und deshalb sollte sie also unbedingt anrufen.

»Wir müssen jetzt wohl ein Foto an die Presse geben, damit wir rausfinden, wer sie war«, sagte sie stöhnend in den Hörer.

»Das dürfte das Einfachste sein«, stimmte Meemken zu. »Ich habe schon ein paar Fotos von ihrem Gesicht gemacht, die du dafür verwenden kannst. Ich schicke sie dir gleich.«

»Danke dir ...«

Eva wollte schon auflegen, als Ole Meemken nochmal ausholte.

»Eines solltest du auch noch wissen«, sagte er verschwörerisch.

»Nun sag schon«, brummelte Eva.

»Sie war schwanger.«

»Schwanger? Auch das noch. Welcher Monat?«

»Dritter bis Vierter, also noch ganz frisch.«

Eva bedankte sich fürs Erste und legte auf.

Jetzt musste sie nur noch den Bericht für die Suchaktion in der Presse fertigmachen und auf das Bild von Ole Meemken warten. Sicher hatte er sie ein wenig zurechtgemacht, damit das Bild nicht zu sehr verschreckte. Und sie war sich sicher, dass sie ab morgen, wenn es ausgestrahlt und gedruckt worden war, keine ruhige Minute mehr haben würde. Aus Erfahrung wusste sie, dass dann Gott und die Welt zum Hörer griff. Entweder, weil sie die Tote schon einmal irgendwo gesehen hatten oder einfach, um sich wichtig zu machen oder noch schlimmer, um ihr Mitgefühl auszudrücken. Einige erklärten auch gerne, warum die Welt so verdorben sei. Tja und manche erdreisteten sich sogar zu fragen, was sie als Polizistin eigentlich den ganzen Tag machte, wenn doch noch Morde geschahen. Sie setzte sich an den PC und begann mit dem Text.

Als sie eine halbe Seite geschrieben hatte, blinkte es auf. Sie hatte eine Nachricht bekommen. Sicher das Bild von Ole. Schnell öffnete sie den Mail-Account. Doch die Nachricht war nicht von ihm. Vielmehr war es ein Absender, mit dem sie nichts anfangen konnte. Er bestand aus offenbar wahllos aneinandergereihten Buchstaben mit drei Ziffern am Ende. Komisch, in der Regel landete so etwas doch gleich in ihrem Spam-Ordner. Ob sie trotzdem öffnen sollte? Es wurde ja immer wieder vor Mails von unbekannten und verdächtig wirkenden Absendern gewarnt. Aber ihre Neugier siegte. Sie drückte die

51

Maustaste und sah erwartungsvoll auf den Bildschirm. In der Mail standen nur drei Worte: *Ich sehe Dich.* Nur das. Keine Begrüßungs- und keine Abschiedsformel. Was sollte das? Für einen Moment überlegte Eva, das Ding weiter in die Kriminaltechnik zu schicken. Schließlich wirkten diese drei Worte irgendwie bedrohlich. Sowas musste doch untersucht werden, oder? Auf der anderen Seite hatten die Kollegen schon genug um die Ohren. Also drückte sie auf Delete. Es gab wirklich Wichtigeres zu tun. Zwischenzeitlich war auch die Mail von Ole eingegangen.

Er hatte die Tote tatsächlich ganz hübsch zurechtgemacht. Man hätte denken können, dass sie nur schliefe. Die Augen hatte er geschlossen gehalten, ihren Wangen aber offensichtlich etwas Röte verliehen. Sie hatte dunkles Haar, das, jetzt, da es trocken war, in wilden dicken Locken um ihren Kopf lag. Ja, sie war wirklich eine wahre Schönheit gewesen. Fast erinnerte sie ein bisschen an ein Märchenwesen. Eva speicherte das Bild ab und schrieb den Text zu Ende. Als sie damit zufrieden war, öffnete sie eine neue Nachricht und schickte sie an den entsprechenden Verteiler. Bevor sie auf Senden drückte, sandte sie ein Stoßgebet gen Himmel.

So, das wäre erledigt, dachte sie. Und jetzt? Es war noch nicht einmal neunzehn Uhr. Hatte sie schon wieder

Lust auf Pizza? Oh ja, sie hatte. Sie wollte sich zu gerne ein wenig mit Jürgen unterhalten. Eigentlich hatte er doch nach einer Stunde wieder da sein wollen, fiel ihr ein. Vielleicht verfolgte er eine heiße Spur. Sie kicherte. Im nächsten Moment ging die Tür auf.

»Sorry, dass ich so spät bin«, entschuldigte sich Jürgen, der ganz rote Wangen hatte. Er sah um Jahre jünger aus.

»Kein Problem. Ich bin auch gerade erst fertig geworden. Pizza?«

Erleichtert nickte er.

Beim Essen brachte Eva ihn auf den neuesten Stand.

»Schwanger? Ach du meine Güte«, sagte er und schob sich ein Stück Pizza zwischen die Zähne.

»Ja, das kannst du laut sagen. Das Ganze wird immer tragischer. Und ermordet wurde sie auch. Ole hat da entsprechende Hinweise, dass sie möglicherweise leicht betäubt worden ist. Auf jeden Fall ist sie ertrunken. Komisch ist nur, dass sie stundenlang auf dem Wasser getrieben ist. Da kann er sich auch noch keinen abschließenden Reim drauf machen.«

»Ja, wirklich merkwürdig. Normalerweise hätte sie doch spätestens nach einer halben Stunde weg sein müssen. Allein, weil das Wasser so kalt ist um diese Jahreszeit. Sie war ja nicht im Taucheranzug unterwegs.«

»Nein, weiß Gott nicht.« Eva war sich nicht sicher, wie sie das Bild der Toten am Strand wieder aus ihrem Kopf kriegen sollte.

Sie schwiegen eine Weile.

Der Abend ging mit einem Grappa zu Ende, bevor Jürgen Eva wieder bis vor die Tür brachte. Für einen Augenblick hatte sie mit dem Gedanken gespielt, ihn mit hineinzubitten. Doch dann entschied sie sich dagegen. Man musste das kleine Pflänzlein der Verbundenheit, das langsam wieder aus dem Boden kroch, doch nicht gleich wieder zertrampeln.

Wer bist du?

Am nächsten Morgen ging der Telefonterror bereits los, bevor Eva überhaupt einen Fuß aus dem Bett gesetzt hatte. Und dabei war doch die Telefonnummer der Dienststelle angegeben worden. Komisch, dachte sie und räkelte sich noch einmal. Der Abend gestern war sehr schön gewesen, wenn man von der Toten einmal absah. Jürgen hatte seine Unbeschwertheit zurück und sie ihre Mitte.

Beschwingt stand sie auf und ging ins Bad, um eine warme Dusche zu nehmen. Unter dem prasselnden Wasser bekam sie natürlich nicht mit, dass jemand an ihre Wohnungstür klopfte. Es war der Briefträger, der heute mal ganz besonders früh unterwegs war. Er hatte ein Päckchen für sie. Und da sie nicht öffnete, stellte er es kurzerhand in den Hausflur. Wenn etwas an die Polizei gerichtet war, würde es schon niemand stehlen, dachte er wohl und ging weiter, nachdem er auch noch einen Brief in ihren Postkasten geworfen hatte.

Eva stand mit einem Kaffeebecher in der Küche und scrollte die Anrufe auf ihrem Handy durch. Alles unbekannte Nummern. Jetzt waren es schon siebenunddreißig. Die Welt war verrückt geworden.

Niemand hatte auf ihre Mailbox gesprochen, also alles nur Spinner und Wichtigtuer.

Bevor sie sich auf den Weg zur Dienststelle machte, schmierte sie sich noch zwei Brote, das konnte ein langer Tag werden.

Fast wäre sie über das Päckchen gestolpert, das vor ihrer Tür lag. Sie hob es auf und las, dass es tatsächlich an sie gerichtet war. Sie hatte aber nichts bestellt. Achtlos stellte sie es im Flur auf die Anrichte und verließ ihre Wohnung.

Auch in der Dienststelle war das Telefon bereits heiß gelaufen. Und viele hatten ihren Namen und Telefonnummer hinterlassen. Es half wohl nichts, sie musste alle abarbeiten. Sie kochte sich eine Kanne Tee und setzte sich an den Schreibtisch.

In ihrem Mail-Account blinkten siebenundzwanzig neue Nachrichten. Halleluja. Eine stach ihr dabei besonders ins Auge. Es war der gleiche kryptische Absender wie gestern. Sie öffnete die Mail. Heute waren es mehr als drei Worte. *Du siehst gut aus heute Morgen.* Erschrocken sah Eva sich um. Das bedeutete im Grunde doch genau dasselbe, wie *Ich sehe Dich.* Wer trieb da ein böses Spielchen mit ihr? Sie hatte Jürgen noch nichts von der gestrigen Nachricht erzählt. Er würde sich nur unnötig

Sorgen machen. Und wenn er das hier sah, dann würde er ausflippen. Ihr mit Sicherheit nicht mehr von der Seite weichen. Sie überlegte, ob sie diese Nachrichten weiterhin ignorieren und für sich behalten sollte. Da es noch so viel zu tun gab für sie und das Telefon schon wieder klingelte, entschied sie sich, vorerst einfach Gras über die Sache wachsen zu lassen.

Als gegen Mittag ihre Ohren rot angelaufen waren vom vielen Telefonieren, setzte Eva sich auf ihr Sofa, das vor dem Fenster mit Blick auf die Nordsee stand. Viele Anrufer hatten behauptet, die Tote schon einmal gesehen zu haben. Und das mochte durchaus zutreffen. So eine Schönheit erinnerte einen sicher an die Models in den Zeitschriften. Und die sah man Tag für Tag. Da verschwammen Einbildung und Realität sicher schnell. Würden sie nach mir fahnden, würde nicht einer anrufen, dachte Eva belustigt. Nach ihr drehte man sich nicht zweimal um. Geschweige denn, dass man ihr Gesicht im Gedächtnis behielt.

Die meisten Anrufer, die sich an die Tote zu erinnern glaubten, kamen aus dem Oldenburger Land. Es waren schätzungsweise über fünfzig Prozent gewesen. Die anderen verteilten sich über ganz Deutschland. Also bestand die vage Hoffnung, dass die Tote tatsächlich aus dem Oldenburger Raum stammte. Leider konnte keiner der Anrufer sagen, wie der Name der Toten war. Eva hatte die Kollegen dort vor Ort bereits kontaktiert. Sie war nicht registriert.

In Gedanken malte Eva sich das Leben der Schönen aus. War sie Dozentin an der Uni in Oldenburg gewesen? Dann hatten ihr die Studenten sicher zu Füßen gelegen. Und irgendeinem war es gelungen, ihr Herz für sich zu gewinnen. Sie erwartete ein Kind. Hörte sich schnulzig an. Und war es auch. Denn wenn es so einfach gewesen wäre, dann wäre sie jetzt wohl nicht tot. Aber was war, wenn das Kind von einem Nebenbuhler stammte und der Freund der Toten hatte sie im Affekt ermordet? Aber Affekt schied ja aus, da sie ja vielleicht betäubt worden war. Das war eiskalter Mord gewesen. Jemand hatte sie danach einfach ins Meer geworfen.

Eva sah hinaus auf die Wellen. Eine Gänsehaut kroch ihren Nacken bei dem Gedanken hoch, dass die Schöne dort draußen im Wasser getrieben hatte, während sie mit Jürgen Pizza verschlang.

Am Nachmittag sah Jürgen nochmal vorbei. Er hatte rasende Kopfschmerzen und erklärte, dass er sich sofort ins Bett legen müsste, sobald er Feierabend hätte. Eva hatte Verständnis für ihn und wünschte gute Besserung.

Nachdem sie auch am Nachmittag noch mindestens hundert Anrufe entgegengenommen hatte, die alle nicht weiterführten, schloss sie die Dienststelle ab und ging in ihre Wohnung.

Sie fischte den Brief aus ihrem Postkasten und schloss auf. Auf der Anrichte stand noch immer das Päckchen von heute Morgen, dass sie im Laufe des Tages ganz vergessen hatte. Sie legte den Brief dazu und beschloss, sich morgen darum zu kümmern. Nicht noch mehr unnötige Informationen, dachte sie, stieg unter die Dusche und lümmelte sich anschließend in einem Jogginganzug aufs Sofa. Nachdem sie eine halbe Stunde versucht hatte, einer politischen Diskussion im Fernseher zu folgen, war sie selig eingeschlafen.

Sie erwachte erst wieder, als ein junger Mann vor einer Deutschlandkarte hin und her rannte und etwas vom herannahenden Frühling erzählte. Sie machte den Fernseher aus und schlich ins Bett.

Und wie es manchmal eben so ist, jetzt wurde Eva, da sie in den kühlen Laken lag, immer munterer. In ihrem Kopf begann es, zu arbeiten. Sie dachte an die E-Mails des Fremden. Und doch war er ihr wohl nicht gar so fremd, denn er duzte sie. Das stieß ihr jetzt erst übel auf. Es war jemand, der sie kannte, der ihr diese zumindest unheimlich wirkenden E-Mails schickte. Jetzt fiel ihr auch das Päckchen im Flur wieder ein. Und der Briefumschlag, der ihr im Vorbeigehen irgendwie komisch vorgekommen war. Aber da sie vorhin so müde gewesen war … und vielleicht war es auch einfach unterschwellige Angst gewesen, die sie davon abgehalten hatte, sich darum zu kümmern.

Jetzt stieg sie wieder aus dem Bett und lief in den Flur. An Schlaf war jetzt sowieso nicht mehr zu denken. Sie schnappte sich das Päckchen und den Brief mit spitzen Fingern und lief damit ins Wohnzimmer. Dort auf dem Tisch sahen diese beiden im Prinzip gewöhnlichen Sendungen bedrohlich aus. Ob es eine Bombe war? Und der Brief, was war damit? Auf dem Umschlag stand nur Eva Sturm und ihre Adresse, und zwar mit einer offensichtlich ziemlich alten Schreibmaschine geschrieben, denn die Buchstaben waren nicht so konform, wie man es heutzutage vom Computerausdruck gewohnt war.

Verdammt. Sie traute sich einfach nicht, die Sachen aufzumachen. Es nützte nichts. Jürgen musste her. Sie griff schnell nach ihrem Handy und wählte seine Nummer.

»Eva?«, kam es verschlafen vom anderen Ende. »Ist was passiert?«

Sicher lag er mit seinen Kopfschmerzen längst im Bett.

»Das weiß ich noch nicht«, flüsterte Eva ins Telefon. »Kannst du vorbeikommen?«

»Warum flüsterst du?«, fragte Jürgen jetzt schon alarmiert klingend.

»Weiß ich nicht …«

»Wo bist du denn?«

»Zuhause.«

»Ich bin gleich da.«

Erleichtert lehnte Eva sich zurück.

Er musste geflogen sein, so schnell klingelte es an ihrer Haustür. Schnell bat Eva ihn herein und zeigte im Wohnzimmer dann auf die Beweisstücke.

»Ein Päckchen und ein Brief?«, fragte Jürgen erstaunt, der wohl irgendwie etwas Spektakuläreres erwartet hatte.

Eva nickte.

»Von wem?«

»Keine Ahnung. Ich trau mich auch nicht, sie aufzumachen.«

»Warum das denn nicht?«

Jetzt musste sie wohl langsam mit der Sprache herausrücken.

»Ich kriege seit ein paar Tagen so komische Mails.«

»Was für Mails?«

Sie schilderte ihm von den knappen Inhalten.

»Eva, da beobachtet dich jemand.«

»Ich glaub auch ...« Sie war den Tränen nahe. Schnell nahm Jürgen sie in den Arm.

»He, wir kriegen schon raus, wer das Schwein ist«, sagte er im Tonfall von Charles Bronson kurz vorm Abdrücken.

»Danke«, schluchzte Eva. »Magst du das aufmachen?« Sie zeigte auf den Wohnzimmertisch.

»Na klar«, sagte Jürgen und nahm als Erstes den Brief.

»Warte«, rief Eva aus. »Ich hole dir Handschuhe. Es reicht ja, wenn meine Fingerabdrücke überall drauf sind.« Sie kam damit zurück und Jürgen setzte seine Arbeit fort.

Vorsichtig löste er den Kleber des Umschlags und zog einen weißen Zettel heraus, auf dem nur vier Worte standen. *Pass auf Dich auf.* Eva stieß einen spitzen Schrei aus.

»Wer macht sowas?«, fragte Jürgen tonlos.

»Ich weiß es nicht.« Eva liefen Tränen die Wange hinunter. Die Anspannung wegen dieser anonymen Nachrichten war viel größer gewesen, als sie es sich eingestanden hatte.

»Soll ich das Päckchen wirklich aufmachen?«, fragte Jürgen unsicher. Auch ihm war langsam mulmig zumute.

Doch Eva nickte und wischte sich übers Gesicht.

Also machte Jürgen sich auch daran zu schaffen.

»Oh Gott, sei bloß vorsichtig«, flüsterte Eva und hielt sich die Hand vor den Mund, als Jürgen das Packband abzog. Man hätte in diesem Moment die berühmte Stecknadel fallen hören können.

Jürgen klappte die Deckel zur Seite und beiden lugten hinein. In dem Päckchen lag ein weiteres, das in buntes Papier eingeschlagen war.

»Mach weiter«, wisperte Eva und hielt den Atem an.

Jürgen entfernte auch das rote Papier und … im nächsten Moment sahen sich beide erstaunt an.

Zum Vorschein kam ein plüschiger kleiner Seehund, der eine Matrosenmütze im Maul hielt. Und dazu auch noch einen weißen Zettel.

»Was soll das?«, entfuhr es Eva.

»Keine Ahnung«, erwiderte Jürgen und faltete den Zettel auseinander.

Hast du Anfang Mai vielleicht Zeit, mit zwei Kolleginnen nach Borkum zu fahren?, stand da und unterschrieben hatte Lisa Berthold. Sie hatte noch einen Smiley angefügt und geschrieben: *Katrin Birgner aus Leer ist auch dabei! Ruf mich doch bitte in den nächsten Tagen an, damit ich die Zimmer buchen kann.*

»Was hat das denn zu bedeuten?«, fragte Jürgen schließlich, als Eva nichts sagte.

»Ach, das ist so ein Frauending.« Jetzt kam sie sich verdammt albern vor, dass sie Jürgen deswegen so aufgeregt aus dem Bett geklingelt hatte, als ob der Leibhaftige vor ihrer Tür stünde. Wie ein kleines Mädchen dachte sie beschämt. Und dann diese Heulerei. Wie superpeinlich.

»Ihr wollt verreisen?«, fragte Jürgen tonlos. Offensichtlich schmeckte ihm die Sache jetzt schon nicht.

»Ja. Das hat Lisa vorgeschlagen, als ich mit ihr in Aurich gearbeitet habe. Ist schon eine Weile her.«

»Ich weiß, wann du mit ihr in Aurich gearbeitet hast«, sagte Jürgen leicht pikiert. Schließlich war er dabei gewesen, als man die Sache mit Heinrich Gerlach aufgeklärt hatte.

»Ach, das tut mir jetzt echt leid, dass ich dich deswegen aus dem Bett geholt habe«, sagte sie und machte einen Schmollmund.

»Schon okay. Es hätte ja schlimmer kommen können.« Er zeigte auf den Seehund und fing an zu lachen. Eva stimmte ein und sie setzten sich aufs Sofa.

»Auf den Schrecken könnte ich jetzt aber wohl einen Schnaps gebrauchen. Du auch?«, fragte Eva.

»Für mich bitte einen Doppelten«, erwiderte Jürgen. »Und dann müssen wir uns über den anonymen Schreiberling unterhalten«, fügte er mit ernster Miene an.

Sie tranken und saßen noch bis weit nach Mitternacht zusammen. Redeten, rätselten und schwiegen miteinander. Es hätte nicht viel gefehlt, und Jürgen wäre mit Eva ins Bett gestiefelt, als sie die Augen nicht mehr aufhalten konnte. Sie drückte ihn leicht zurück, als er ihr ins Schlafzimmer hinterherlief.

»Ich würde es schon schön finden, wenn du heute Nacht hierbleibst«, sagte sie leicht beschwipst. »Ich bringe dir auch Bettwäsche für das Sofa.«

»Okay«, kicherte Jürgen. »Ich geh dann mal ins Bad.«

Als sie sich eine gute Nacht wünschten, drückte Eva ihm einen dicken Kuss auf die Wange.

Phase 2

Alles in allem war es doch ganz gut gelaufen, dachte er zufrieden, als er die Haustür aufschloss. Das Haus fühlte sich einsam an. Die Heizung lief nur auf Sparflamme und er sah seinen Atem aufsteigen.

Er hatte jetzt nur noch ein paar Dinge zu erledigen. Unschöne und dann natürlich die restlichen Transaktionen. Danach würde er sich in den nächsten Flieger gen Süden setzen.

Er freute sich schon wahnsinnig darauf, sie wieder zu sehen. In den Armen zu halten und noch so einiges mehr. Immerhin hatten sie sich jetzt vier Wochen am Stück nicht mehr gesehen. Es sei besser, wenn man sie nicht miteinander in Verbindung brachte, hatte sie gemeint. Und wahrscheinlich hatte sie recht. So, wie sie eigentlich immer recht behielt. Er hatte sich daran gewöhnt, nach ihrer Pfeife zu tanzen. Sie war einfach gebildeter und vermutlich das bessere Organisationstalent. Es machte ihm nichts aus, Erfüllungsgehilfe zu sein, bei dem Leben, das jetzt auf ihn wartete.

Aber zuerst musste noch die letzte Hürde genommen werden. Er lief zur Kellertür und stieg die Treppen hinab. Es lief alles nach Plan. Noch keiner hatte sich darum gekümmert, was da im Keller passiert war. Die letzten Vorbereitungen konnte er also in aller Ruhe treffen.

In aller Frühe

Eva wachte auf und fühlte sich schlecht. Oder war es umgekehrt? Ihr Schädel brummte, was vermutlich vom tröstenden Schnaps mit Jürgen kam. Sie war zufrieden bei dem Gedanken, dass er da im Wohnzimmer auf ihrer Couch lag. Ein unbeschreiblich gutes Gefühl, einen Beschützer im Haus zu haben. Wie albern, dachte sie, dabei bist doch du die Polizistin. Vielleicht wurde sie wirklich zu alt für diesen Job. Sollte sie auf Touristen umsatteln und Jürgen in der Touristinfo helfen? Dort würden sie die Urlauber beraten, bis ihnen die Insel wieder zu den Ohren herauskam. Sie musste lachen. Es war schön, so unbeschwert solch naiven Gedanken nachgehen zu können.

Sie sah auf ihren Wecker. Es war gleich fünf. Noch viel zu früh zum Aufstehen. Also drehte sie sich noch einmal um, zog die Bettdecke bis über die Ohren und fiel wieder in einen leichten Schlaf.

Zwei Stunden später wurde sie vom Kaffeeduft, der ihr in die Nase stieg, geweckt. Jürgen war einfach phantastisch. Es klopfte sachte an ihre Tür.

»Eva? Bist du schon wach?«

»Ja, komm rein. Das ist ja wie im Himmel«, sagte sie theatralisch, und richtete sich im Bett auf.

»Ach, das ist doch nur Kaffee«, beschwichtigte Jürgen. »Ich dachte, nach dem, was wir uns gestern gegönnt haben, dürfte ein Kaffee wohl das Beste sein.«

»Du liegst wie immer richtig mit deiner Vermutung.« Eva nahm dankbar den Becher entgegen und rieb ihre Hände daran. »Setz dich doch.« Sie klopfte auf ihre Bettdecke.

Jürgen ließ sich nicht zweimal bitten und machte es sich bequem. Er trug ihren roten Morgenmantel mit großem Blumenmuster.

»Ist vielleicht ein bisschen zu kurz«, sagte sie und grinste.

»Du hast recht. Wenn das hier so weitergeht, sollte ich vielleicht ein paar Sachen von mir hier deponieren.«

Die Alarmglocken schrillten wieder in Evas Kopf.

»Hm ...«

»Wäre das schon wieder zu viel Nähe?«, neckte Jürgen, der genau wusste, was hinter ihrer Stirn ablief.

»Nein, nein, du hast ja recht. Es wird sicher noch öfter solche Notfälle geben.« Und schon waren sie wieder beim Thema. Der anonyme Nachrichtenschreiber.

»Es macht bestimmt nicht viel Sinn, die Briefe in die KTU zu geben«, meinte Jürgen.

»Sicher nicht«, stimmte Eva zu. »Der ist ja nicht doof. Wer sich mit einer Polizistin anlegt, weiß in der Regel auch, wie die arbeitet.«

»Hast du denn gar keinen Verdacht, wer das sein könnte?«

»Machst du Witze? Woher sollte ich wissen, wer mir da Angst machen will? Das Einzige, was mir komisch vorkommt, ist, dass er mich duzt. Er könnte ja auch schreiben ich sehe Sie, oder?«

Jürgen schüttelte den Kopf. »Das ist aus dem Psychologielehrbuch Kapitel eins, liebe Eva. Wenn du jemanden einschüchtern willst, dann musst du ihm, so gut es geht auf den Pelz rücken. Und das geht nur, wenn du ihm die Distanz nimmst. Das schafft er ganz hervorragend mit dem Du.«

»Da hast du sicher recht. Man fühlt sich dann sofort betroffener. Kein schlechter Gedanke. Und vor allem lässt es noch die Option offen, dass es jemand aus meinem direkten Umfeld ist. Das schüchtert dann noch mehr ein. Wem kann man noch trauen, denkt man automatisch.«

»Na ja, kennen wird er dich auf jeden Fall schon. Warum sollte er sonst ausgerechnet auf dich kommen?«

War das jetzt eine Beleidigung gewesen? Eva zog die Brauen hoch.

»Keine Ahnung. Aber ich kann jetzt nicht länger hier im Bett liegen und darüber nachdenken. Wir haben einen Fall aufzuklären, mein Lieber.«

Sie duschten sich, und zwar getrennt. Dann machte Jürgen sich auf den Weg in die Touristinfo und Eva ging in die Dienststelle.

Dort fand sie siebenvierzig Anrufe auf ihrem Anrufbeantworter vor. Sie verdrehte die Augen, als sie auf Play drückte.

Das meiste war wie gehabt. Doch eine Nachricht von einem jungen Mann hörte sie sich gleich noch einmal an.

»Ich weiß, wer die tote junge Frau ist. Das ist Clarissa Hartmann aus Bad Zwischenahn. Sie können mich anrufen unter ...«

Eva notierte sich sofort die Nummer und rief dort an.

Es meldete sich eine Frauenstimme.

»Eva Sturm hier. Ich bin Polizistin auf Langeoog. Es hat jemand von Ihrem Apparat aus bei mir angerufen wegen der toten jungen Frau, die wir vor ein paar Tagen am Strand gefunden haben.«

Am anderen Ende wurde geschluchzt.

»Hallo? Sind Sie noch da?« Eva wurde ungeduldig.

Irgendjemand nahm der Frau offensichtlich den Hörer aus der Hand.

»Hier ist Viktor Gabel«, sagte der Mann und Eva erkannte sofort die Stimme des Hinweisgebers.

»Sie haben mich angerufen ...«

»Ja, das habe ich. Clarissa war die beste Freundin von Evgenia, mit der sie eben gesprochen haben. Deshalb hat sie geweint, entschuldigen Sie.«

»Ach, das macht doch nichts. Aber könnten Sie mir jetzt bitte etwas mehr zu Clarissa Hartmann sagen?«

Viktor Gabel erzählte, dass er mit den beiden Frauen, von denen jetzt eine tot war, in einem Hotel in Bad Zwischenahn beschäftigt sei. Man habe sich schon Sorgen wegen des Verschwindens von Clarissa gemacht. Das sei nicht ihre Art gewesen, einfach so zu gehen.

»Ich brauche ihre persönliche Aussage«, sagte Eva. »Können Sie vielleicht auf die Insel kommen?«

»Nach Langeoog?«

»Ja. Schließlich haben wir sie hier gefunden, deshalb muss ich auch hier ermitteln. Oder ist das ein Problem für Sie? Der Staat erstattet Ihnen auch die Kosten. Machen Sie doch einfach ein paar Tage Urlaub.« Sie biss sich im nächsten Moment auf die Zunge. Das war eindeutig zu flapsig, wenn man bedachte, dass er gerade erfahren hatte, dass eine Freundin von ihm tot aufgefunden worden war.

»Ne, geht schon«, sagte der junge Mann. »Ich fahr morgen mit der ersten Fähre, dann kann ich für das Abendgeschäft wieder im Hotel sein. Da wird der Chef nichts dagegen haben.«
»Sehr schön. Wir sehen uns dann morgen.«

Eva schob den Anrufbeantworter zur Seite. Zum Glück musste sie sich nicht auch noch die restlichen Anrufer anhören. Was machte sie jetzt? Okay, der Name der Toten war Clarissa Hartmann. Vielleicht ließ sich damit ja schon eine ganze Menge anfangen. Sie fuhr den PC hoch und loggte sich in die Polizeidatenbank ein. Der Name war natürlich nicht bekannt. Aber eine Adresse in Bad Zwischenahn gab es tatsächlich.

Clarissa Hartmann war neunundzwanzig und lebte alleine. Sie hatte keine Kinder und wohl mehrere Wohnsitze in Deutschland gehabt, soweit sich das nachverfolgen ließ. Was sie hierher verschlagen hatte, stand da natürlich nicht. Aber das würde dieser Viktor ihr sicher morgen früh berichten. Und nun? Gleich war es Mittag. Und prompt fing ihr Magen bei dem Gedanken wie auf Kommando an, zu knurren. Aus einem unerfindlichen Grund, den sie sich nicht erklären konnte, musste sie plötzlich wieder an Alexander von Bruch denken. Er war fremd auf der Insel gewesen und hatte sie aufgesucht.

Vielleicht war es das. Und dann diese Anzeige von ihm. Wenn er wirklich so betucht war, wie er aussah, was interessierte ihn dann so eine lächerliche Herrenhandtasche? Davon konnte er sich tausende Neue kaufen. Ob er vielleicht derjenige war, der ihr die Nachrichten schrieb? Sie musste jetzt einfach mehr zu ihm wissen. Sie tippte etwas in die Suchmaschine.

Nach einer Stunde hatte Eva die ganze Familiengeschichte der von Bruchs im Internet studiert. Demnach war Alexander von Bruch einer der letzten eines uralten Adels. Er lebte alleine und zurückgezogen in Dornum auf einem alten Familiengut. Kinder hatte er keine und seine Frau hatte sich offensichtlich von ihm getrennt vor einigen Jahren. Man machte in solchen Kreisen wohl nicht sonderlich viel Aufhebens darum. Er ging gerne zur Jagd, las sie, engagierte sich in karitativen Einrichtungen und machte sich für Gleichberechtigung der Frauen stark. Nun ja, da hatte er sich bestimmt viele Feinde gemacht unter seinesgleichen. Und am interessantesten fand Eva immer noch, dass er auf den Fotos, die sie fand, so gar nicht wie der Mann aussah, der bei ihr die Anzeige aufgegeben hatte. Also hatte jemand sie vielleicht unter einem vermutlich fadenscheinigen Grund aufgesucht und sich als Alexander von Bruch ausgegeben.

Aber warum? Wollte er in ihrer Nähe sein? Das würde zu der Annahme passen, dass er etwas mit den anonymen Nachrichten zu tun hatte.

Ihr stand der Sinn nach Abwechslung und einem knackigen Salat. Aber eigentlich hatte sie keine Lust, sich in ein Lokal zu setzen. Statt dessen entschied sie sich dafür, etwas einzukaufen und zu Hause die Beine lang zu machen. Dabei würde sie dann darüber nachdenken, was mit Clarissa Hartmann, jung, schön und verdammt schwanger, passiert sein konnte. Doch da musste man nicht lange rätseln. Natürlich steckte ein Mann dahinter. Und vielleicht auch eine eifersüchtige Ehefrau, wenn Clarissa nur ein Verhältnis gewesen war. Die klassische Konstellation, um Emotionen hochkochen zu lassen. Liebe war sowieso das häufigste Motiv für Taten im Affekt oder Mord. Liebe und Hass, so nah beieinander. Ihr Magen knurrte schon wieder. Sie stand auf und machte sich auf den Weg.

Im Hotel

Evgenia zitterte am ganzen Leibe, als Viktor aufgelegt und erzählt hatte, dass er am nächsten Tag nach Langeoog fahren würde.

»Muss ich etwa auch mit, Viktor?«

»Aber nein, davon hat die Polizistin nichts gesagt.«

»Das würde ich auch nicht durchstehen ...« Sie griff nach ihrem Taschentuch und schnäuzte sich.

»Wichtig ist, dass wir zusammenhalten, hörst du?«

Evgenia nickte heftig und sah ihn aus rotverheulten Augen an. Sie war noch keine zwanzig, da konnten einem die Nerven schon mal durchgehen. Viktor war froh, dass sie nicht verhört werden würde. Irgendwie musste er sie im Griff haben, falls diese Sturm doch noch schalten würde, dass es weiß Gott mehr als einen Zeugen gab.

»Glaubst du, dass du heute Abend arbeiten kannst?« Viktor spielte den Besorgten.

»Ich werde es versuchen«, hauchte Evgenia.

»Das ist gut so. Es reicht, wenn der Chef nur erfährt, dass Clarissa leider tot ist. Er muss nicht wissen, wie eng wir mit ihr befreundet waren.«

»Warum darf er das denn nicht wissen?«

Viktor überlegte, wie er ihr das nun wieder plausibel machen konnte.

»Es sieht nie gut aus, wenn die Angestellten zu viel Zeit miteinander verbringen«, sagte er mit ernster Miene. »Dann denkt der Chef immer, dass sie sich nur was erzählen, statt zu arbeiten.«

»Oh«, macht Evgenia. »Das will ich auf keinen Fall, dass der Chef schlecht von mir denkt. Ich werde nichts sagen, Viktor.«

»Das ist gut so, meine Kleine.« Er strich dem jungen Mädchen über den blonden Schopf.

Wenigstens sie schien er noch im Griff zu haben.

Zeugenaussage

Eva war gestern tatsächlich nicht mehr vom Sofa hochgekommen, als sie ihren Salat mit Meeresfrüchten verspeist hatte. Und sie plagte nicht einmal ein schlechtes Gewissen. Sie musste nachdenken. Nicht mal in erster Linie über den neuen Fall. Nein, da war etwas ganz anderes unterschwellig in ihr, dass sie permanent beschäftigte. Wer war dieser anonyme Nachrichtenschreiber? War es dieser Adelige? Und was wollte er von ihr?

Sie hatte lange in ihrer Vergangenheit herumgestöbert. Es konnte ja sein, dass sie einem Freund oder Kollegen, vielleicht sogar Vorgesetztem, gehörig auf die Füße getreten war. Es gab Menschen, die waren verdammt nachtragend. Aber ihr fiel beim besten Willen nichts ein. Sie war unauffällig. Schon immer gewesen. Sie machte in ihrem Job das, was man ihr sagte. Manch einer würde das langweilig nennen, doch für Eva war das Okay. So richtig spannend war ihr Job eigentlich erst hier auf der Insel geworden, seitdem Jürgen sie von morgens bis abends belagerte. Aber gestern hatte er sich nicht mehr hören lassen. Ob er mit diesem Vamp unterwegs gewesen war? Ach, Eifersucht half jetzt auch nicht weiter. Jürgen war nicht so einer, da war sich Eva mittlerweile ganz sicher.

Eigentlich fehlte zu seinem guten Charakter nur noch, dass er anfing, Strickpullunder zu tragen.

Sie machte sich ein Frühstück mit einem gekochten Ei und frisch gepresstem Orangensaft. Es war Zeit, sich auch mal zu verwöhnen, wenn es andere schon nicht taten. Heute würde sie in ihrem Fall hoffentlich ein gutes Stückchen weiterkommen. Viktor Gabel, der Kollege von der Toten Clarissa Hartmann, würde auf die Insel kommen und hoffentlich wichtige Hinweise liefern. In einem Hotel hatte die junge Frau also gearbeitet. Da gab es zig Möglichkeiten, Männer kennen zu lernen. Und leider auch die Falschen. Sicher wurden Hotelangestellte immer wieder dazu angehalten, nichts mit Gästen anzufangen. Aber wo die Liebe hinfiel ... da wusste ja selbst sie mittlerweile ein Lied von zu singen. Halt Stopp! Hatte sie da gerade das Wort Liebe für sich beansprucht? Jürgen ... liebte er sie etwa? Oder womöglich sie ihn? Auch wenn da etwas war ... aber Liebe? Eva schaltete das Radio ein, um auf andere Gedanken zu kommen. Aber da offensichtlich auch die Moderatoren sich gegen sie verschworen hatten, indem sie *Love me Tende*r spielten, stellte sie kurzerhand wieder ab. Sie stellte das Geschirr in die Spüle und machte sich gutgelaunt auf den Weg.

Unterwegs kaufte Eva noch ein paar Kekse für das Verhör. Vielleicht plauderte es sich mit Süßigkeiten leichter. Schließlich nahm er ja schon einen ganz schönen Weg auf sich, um auszusagen. In der Dienststelle setzte sie dann gegen zehn Uhr Wasser auf für einen schönen Ostfriesentee. Und wie gerufen klopfte es um kurz vor halb elf an ihre Tür. Komisch, dachte sie, als sie »Herein« rief. Warum klopfen eigentlich alle immer an? Schließlich saß sie hier nicht in ihrer guten Stube, sondern in der Polizeidienststelle. Doch auf ihr »Herein« tat sich nichts. Merkwürdig. Sie rief noch einmal. Wieder nichts. Also stand sie auf und ging zur Tür. Als sie öffnete, war niemand zu sehen. Dann ließ sie ihren Blick noch einmal schweifen. Es war niemand da außer ein paar Spaziergängern, die einen ungefährlichen Eindruck machten. Sie schloss die Tür und ging wieder zu ihrem Schreibtisch. Noch bevor sie sich entscheiden konnte, was sie jetzt tun sollte, klopfte es wieder. Langsam wurde sie wütend. Der Türgriff wurde aber zum Glück heruntergedrückt.

»Hallo«, sagte eine männliche Stimme, noch bevor Eva erkennen konnte, wer es war.

»Kommen Sie doch bitte gerne herein«, sagte sie.

»Guten Tag, ich bin Viktor Gabel, Sie erwarten mich zum

Verhör«, sagte er und Eva fiel gleich der dunkle Teint des Mannes auf.

Die Steine kullerten zentnerweise von Evas Herz.

»Oh, ich habe Sie schon erwartet«, sagte sie erleichtert und lief dem Mann entgegen und reichte ihm die Hand. »Kommen Sie, ich mache uns gerade einen schönen Ostfriesentee, dabei spricht es sich leichter.«

Sie setzten sich an den Schreibtisch, wo Eva bereits die Tassen, Kandis und die Kekse hingestellt hatte.

»Oh, ich habe die Sahne vergessen«, sagte sie entschuldigend.

»Ach, kein Problem«, erwiderte Viktor Gabel, »meistens trinke ich Tee sowieso schwarz.«

»Na dann ... vielen Dank nochmal, dass Sie sich heute frei genommen haben. Ich hoffe, dass wir mit Ihrer Aussage weiterkommen bei unseren Ermittlungen.«

»Na, ob ich da so viel helfen kann, das weiß ich gar nicht ...«

Eva goss den Tee, der mittlerweile gut gezogen hatte, ein, und biss geräuschvoll in einen Keks. »Nehmen Sie ...« Sie schob ihm den Teller hin.

»Danke«, sagte er, »im Moment ist mir eher etwas flau im Magen, Wasser und Schiffe sind nicht so mein Ding.«

Beide mussten lachen.

»Dann erzählen Sie doch einfach mal ein bisschen über Clarissa«, forderte Eva auf. »Wie lange haben Sie denn schon mit ihr zusammengearbeitet?«

Viktor Gabel führte seine Tasse Tee zum Mund und pustete sachte darauf. Seine Stirn legte sich in grüblerische Falten.

»Also, wir arbeiten seit gut einem Jahr zusammen«, sagte er schließlich. »Clarissa kam zunächst als Aushilfskraft für das Frühstücksbuffet, doch dann hat sie sich so gut in das Team eingefügt, dass der Chef sie fest eingestellt hat.«

So läuft das manchmal im Leben, dachte Eva betrübt. So eine junge Frau mit vielen Hoffnungen war jetzt aus dem Leben gerissen worden.

»Wie gut waren Sie denn mit Clarissa befreundet? Kannten Sie sie näher?«

Viktor Gabel schüttelte bedauernd den Kopf. »Nein, ich kannte sie eigentlich nicht so sonderlich gut. Sie war eine wirklich nette Kollegin, immer hilfsbereit ... aber weiter angefreundet habe ich mich mit ihr eigentlich nicht. Das war wohl eher Evgenia, die mit ihr auch privat etwas unternommen hat.«

Verdammte Scheiße, dachte Eva ärgerlich. Das hätte sie sich doch auch denken können, dass die Frau, die am

Telefon geschluchzt hatte, die eigentliche Person gewesen wäre, die sie zum Verhör hätte einladen sollen.

»Hm ... dann werde ich mit Evgenia wohl auch noch sprechen«, sagte sie kleinlaut. »Ich habe aus Rücksicht auf Ihre Arbeit aber nicht gleich sie beide nach Langeoog zitiert.« Sie hätte sich echt in den Hintern beißen können für diese Dusseligkeit. Jürgen würde jetzt sicher ein passender Kommentar bezüglich Verkalkung einfallen. Sie hatte immer noch nichts von ihm gehört.

Viktor Gabel sah aus dem Fenster.

»Einen schönen Arbeitsplatz haben Sie sich da ausgesucht«, sagte er versonnen. »Passiert denn so viel auf einer Insel, dass man eine eigene Polizeistation dafür braucht?«

»Nun ja. Leider kommt es selbst in heimeligen Urlaubsgebieten zu Verbrechen, wie Sie sehen«, sagte sie lakonisch. »Die Täter nehmen da wohl nicht so viel Rücksicht.«

»Für mich wäre das ja nichts. So auf einer Insel zu arbeiten, obwohl ich schon genügend Angebote in die Richtung bekommen habe.«

»Kann ich mir vorstellen. Gerade wenn Hochsaison ist, suchen auch unsere Gastronomen immer händeringend nach guten Mitarbeitern.«

»Ach, ich fühle mich in Bad Zwischenahn mittlerweile eigentlich ganz wohl.«

»Wo kommen Sie denn ursprünglich her?«, fragte Eva und sah neidisch auf seine langen schlanken Hände.

»Aus Serbien«, sagte er. »Meine Familie ist damals mit uns Kindern geflohen ...«

»Verstehe.«

»Aber wir haben uns schnell eingelebt in Köln, wo wir als erstes Fuß gefasst hatten.«

»Und wie sind Sie dann ausgerechnet in Bad Zwischenahn gelandet?«

»Ach, eine lange Geschichte. Aber in der Gastronomie findet man immer irgendwo Arbeit. Ich war nie an einen Ort gebunden, wissen Sie.«

»Sehen Sie Ihre Familie denn gar nicht mehr?«

»Doch doch ... hin und wieder. Man wird ja auch erwachsen.«

Der junge Mann, den Eva auf Anfang dreißig schätzte, wirkte so weise. Sicher hatte er einiges in seiner Kindheit mit ansehen müssen, dass ihn abgehärtet hatte fürs Leben. Und jetzt wusste sie mehr über ihn als über die Tote. Sie schenkte noch einmal Tee nach und Viktor Gabel griff zum ersten Mal auch zu einem Keks.

»Wissen Sie denn, ob Clarissa einen festen Freund gehabt hat?«, nahm sie den Faden wieder auf.

Viktor Gabel wirkte jetzt ausgesprochen zugeknöpft und nagte nur mit den Schneidezähnen am Rand des Kekses entlang.

»Da weiß sicher auch Evgenia mehr«, sagte er schließlich. »Sie wissen schon, Frauen und ihre Geheimnisse. Aber natürlich habe ich Clarissa auch ab und zu mit einem Mann gesehen.«

»War es immer der Gleiche?«

»Nun ja ... wie soll ich sagen. Man spricht ja über Tote eigentlich nichts Böses im Nachhinein.«

»Was meinen Sie damit? Hatte Sie mehrere Männerbekanntschaften?«

»Ich will da jetzt nichts Falsches sagen ... wie gesagt, Evgenia ist da sicher die bessere Zeugin. Ich weiß eben nur, dass Clarissa bestimmt kein Kind von Traurigkeit war.« Er sagte es mit einer Melancholie im Blick, die jeden Fotografen in die Knie gezwungen hätte. Er war ein wunderschöner Mann, dachte Eva. Feine Gesichtszüge, dunkle Augen und der ebenmäßige dunkle Teint hätten für Hochglanzmagazine gereicht. Sicher standen die Frauen bei ihm Schlange. Ob auch Clarissa zu seinen Geliebten gezählt hatte? Gab er nur deshalb so spärlich Auskunft über sie?

»Hatten Sie auch etwas mit Clarissa?«, fragte sie einfach frei heraus.

Verblüfft sah Viktor Gabel sie an.

»Ich? Aber nein, ich doch nicht.« Fand er das wirklich so abwegig?

»Nun ja, Sie sind jung und Clarissa war eine wunderschöne junge Frau. Warum denn nicht?«

»Sie haben recht, Clarissa war wunderschön. Aber sie hat sich nichts aus jungen Männern wie mir gemacht, wenn Sie verstehen.«

Nanu. »Nein, ich verstehe ehrlich gesagt nicht. Sie haben es also bei ihr versucht und sie hat Sie abgewiesen?«

Viktor Gabel schüttelte den Kopf. »Nein, ich habe es nicht versucht. Aber ich habe gesehen, mit welchem Schlag Männer Clarissa ausgeht. Da war keiner unter vierzig, wenn Sie verstehen.«

»Sie stand also auf ältere Männer. Ist es das, was Sie mir sagen wollen?«

Viktor Gabel nickte. In Evas Kopf machte sich wieder Alexander von Bruch breit, der vom Alter her nicht unbedingt in Clarissas Beuteschema gepasst hätte.

»Und ... hat es Ihnen was ausgemacht? Ich meine, dass sie nichts mit Ihnen zu tun haben wollte?«, bohrte sie weiter nach.

Viktor Gabel schüttelte den Kopf. »Nein, wirklich nicht. Es gibt noch andere Mütter, die schöne Töchter haben, wissen Sie.« Er lachte sie schelmisch an. Flirtete er etwa mit ihr? Stand er auf alte Weiber?, dachte sie gehässig. Nein. So herum würde es wohl nie funktionieren. Dieses Privileg blieb wohl alten Männern vorbehalten, sich mit jungen Gespielinnen zu vergnügen.

»Das kann ich mir vorstellen, dass Sie da nicht lange fragen müssen«, sagte sie und lächelte. »Aber sagen Sie, können Sie mir denn einen Namen der Freunde von Clarissa nennen? Das würde mir vielleicht bei meinen Ermittlungen weiterhelfen.«

Er sah sie nachdenklich an. »Sie glauben, einer ihrer Verehrer hat sie auf dem gewissen?«

»Mit glauben komme ich meistens nicht weiter«, seufzte Eva. »Leider nicht. Aber Eifersucht ist schon ein starkes Motiv für einen Mord.«

»Da könnte ich Ihnen Geschichten erzählen«, sagte er und sein Gesicht hellte sich auf. »Was wir alles für Szenen im Hotel erleben, das glaubt einem doch kein Mensch.«

Bevor er in die Richtung abschweifte, griff Eva nach ihrer Tastatur. »Ich nehme dann mal Ihre Aussage auf, damit Sie sie unterschreiben können«, sagte sie. »Und während ich das eintippe, denken Sie bitte noch einmal darüber nach, ob Sie mir nicht doch einen Namen nennen können.«

Doch leider hatte Viktor Gabel auch am Ende des Gesprächs keinen Namen für Eva parat. Dafür bedankte er sich aber ausführlichst für den Tee und die Kekse. Fast hätte er an der Tür einen Knicks gemacht, als er sich von ihr verabschiedete, damit er seine Fähre zurück noch erwischte. Irgendetwas stimmt mit dir nicht, Viktor Gabel, dachte Eva, als sie dem großen schlanken Mann in gutem Mantel nachsah. Irgendwie erinnerte er sie an den vermeintlichen Hochstapler, der sich als Alexander von Bruch ausgegeben hatte. Aber vielleicht tat sie auch beiden Männern unrecht mit ihrem Misstrauen.

Love me Tender

Eva summte leise *Love me Tender* vor sich hin, als sie gut gelaunt zur Touristinfo marschierte. Es gab so viel zu diskutieren, zu analysieren und überhaupt ... aber Jürgen hatte sich rargemacht. Also ging sie jetzt einfach zu ihm. Aber dieses Lied, sie musste es aus dem Kopf kriegen, dachte sie irritiert. Als sie ankam, waren eine Reihe von Kunden in der Touristinfo, aber Jürgen war nirgends zu sehen. Nur eine junge Frau hinter dem Tresen - den Namen hatte sie vergessen - bemühte sich, alle Fragen gleichzeitig zu beantworten.

Eva ging zu den Reiseführern, um sich die Zeit zu vertreiben. Dabei stieß sie auch auf eine Broschüre zum Ammerland. Und auch Bad Zwischenahn wurde ausführlichst als Kurort und beliebtes Ausflugsziel ausgeschmückt. Tja, warum eigentlich nicht Bad Zwischenahn?, dachte Eva. Sie sah sich noch einmal um. Jürgen war ganz offensichtlich nicht da. Sollte sie jetzt einfach wieder gehen? Der Tresen stand immer noch voller Leute. Nein, entschied Eva und drängelte sich dazwischen.

»Ich bin von der Polizei«, sagte sie, als ein älterer Herr sie grimmig ansah. »Ist Jürgen heute gar nicht da?«, fragte sie in Richtung der heillos überforderten Aushilfe.

»Nein«, antwortete diese kopfschüttelnd. »Er hat sich gestern schon krankgemeldet. Und das ausgerechnet jetzt, wo die Ostersaison vor der Tür steht.«

»Krank?« Eva drehte auf dem Absatz um. Warum hatte er ihr denn nicht Bescheid gesagt? Sie nickte der Angestellten zu und machte sich auf den Weg zu Jürgens Wohnung.

Erst nach dreimaligem Klingeln machte er auf.

»Mein Gott, wie siehst du denn aus?«, entfuhr es Eva. Jürgen war kreidebleich und seine Gesichtszüge schmerzverzerrt.

»Dir auch einen guten Morgen, liebe Eva«, presste er zwischen den Zähnen hervor.

»Ich habe dich in der Touristinfo gesucht und da sagte man mir, du seist krank.«

»Und? Kann ich dich so schon überzeugen oder willst du jetzt erst den Gerichtsmediziner kommen lassen.« Er drückte sich gegen den Bauch und krümmte sich.

»Darf ich trotzdem reinkommen?«, fragte Eva kleinlaut.

»Nur, wenn du auf Magen-Darm stehst. Das ist nämlich verdammt ansteckend.«

»Ach was«, sagte Eva und drängelte sich an Jürgen vorbei in die Wohnung. »Es gibt jetzt Wichtigeres als

Krankheiten. Bei deinem Lebenswandel hast du doch sicher Cola und Salzstangen im Haus. Das hilft immer.«

Jürgen trottete hinter ihr her. »So viel Mitgefühl hatte ich jetzt gar nicht erwartet«, nuschelte er.

In der Küche machte Eva sich an seinen Schränken zu schaffen. Und natürlich fand sie, wonach sie suchte. Sie schenkte ihm ein Glas Cola ein und stellte eine Schale mit Salzstangen auf den Tisch.

»So, und jetzt schon brav essen und trinken. Ich bringe dich dann auf den neuesten Stand.«

Jürgen setzte sich und legte sich seine Wärmflasche, die auf dem Küchentisch lag, wieder auf den Bauch. Während er brav an Salzstangen knabberte und Cola trank, berichtete Eva von dem Verhör mit Viktor Gabel.

»Du siehst, lieber Jürgen, wir bekommen jetzt alle Hände voll zu tun«, schloss sie, »denn ich traue diesem Viktor aus irgendeinem Grund nicht über den Weg. Ich kann nur noch nicht sagen, was es eigentlich ist. Aber etwas ist komisch an ihm.«

Aha, etwas ist komisch, dachte Jürgen belustigt, als er ihre vor Aufregung roten Wangen sah.

»Was hast du denn jetzt vor?«, fragte er. Es ging ihm tatsächlich etwas besser, denn die Krämpfe hatten nachgelassen.

»Ich will natürlich nach Bad Zwischenahn fahren«, sagte sie bestimmt. »Und du kommst mit. Deshalb bin ich ja hier, um dich aufzupäppeln.« Sie lachte.

»Also, da kann man ja echt froh sein, dass du nicht wirklich meine Vorgesetzte bist«, scherzte Jürgen. »Werdet ihr eigentlich alle so ausgebildet, ich meine zu Sklaventreibern?«

»Das siehst du falsch«, antwortete Eva, »Man muss als Ermittlerin nur immer das Notwendige tun, um die Sache aufzuklären.«

Insgeheim war Jürgen ja froh, dass sie ihn wieder auf die Beine brachte. Und spannend schien der Fall auch zu sein.

Eva verabschiedete sich bald, um sich auf den Besuch in Bad Zwischenahn vorzubereiten.

Eine Leiche im Keller

Der ausgelaufene Rotwein war in den Boden gesickert. Ein Rioja Marquès de Murrieta »Castillo Ygay Gran Reserva Especial« von 2004, rund zweitausend Euro die Flasche. Sie war für besondere Gäste angeschafft worden. Der Keller stand voll damit. Und dabei war es in den letzten Jahren gar nicht mehr so illuster zugegangen auf dem historischen Anwesen. Hier lebte ein Mann völlig zurückgezogen. Zum Feiern gab es kaum Anlass.

Bis er dann sie kennen und lieben gelernt hatte. Es war purer Zufall, dass er an diesem Tag in dem Hotel in Bad Zwischenahn abgestiegen war. Er kam von einer Spendengala mit viel Prominenz aus Baden-Baden, als ihn eine Umleitung in Richtung des Kurortes führte. Der Ort mit den schmalen Straßen war überfüllt mit Fußgängern. Es war Markt für Künstler und Kulturschaffende, las er, als er im Schneckentempo an einem großen Plakat vorbeikam. Warum nicht, hatte er gedacht und den Jaguar auf einem freien Parkplatz abgestellt. Ein kleiner Spaziergang würde auch ihm nach der langen Fahrt ganz gut tun. Die Luft war angenehm warm, die Stimmung gut. Es gefiel ihm und er wunderte sich, dass er nicht öfter auch in seiner Nähe Ausflüge unternahm.

Am Schluss machte er noch einen Spaziergang am Zwischenahner Meer, durchstreifte die Wandelhalle und beschloss, noch etwas in dem einladend wirkenden Restaurant gleich gegenüber zu essen, bevor er wieder nach nach Hause zu sich in seine Villa nach Dornum fuhr.

Sie bediente ihn. Gleich war ihm ihr ebenmäßig schönes Gesicht aufgefallen. Er pflegte sonst nicht mit Personal zu flirten, doch bei ihr, da hatte er nicht widerstehen können. Sie besaß eine Anmut, die er sonst nur selten bei Frauen wahrnahm. Immer, wenn sie ihn bediente, beugte sie sich grazil zu ihm herab, wahrte aber gleichzeitig eine Distanz, die auch in Adelskreisen üblich war. Wer sie wohl war?, ging es ihm durch den Kopf, als sie, mit langem schmalen schwarzen Rock und weißer Schürze von Tisch zu Tisch schritt, als serviere sie der Königin von England persönlich. Er musste wissen, wer sie war.

Am Ende des vorzüglichen Dinners stellte sich zu seiner großen Freude heraus, dass das Restaurant auch gleichzeitig ein Hotelbetrieb war. Er mietete ein Zimmer, um weiter in ihrer Nähe zu sein. Als er bezahlte, legte er ein großzügiges Trinkgeld für die Schöne in die Ledermappe zu seiner American Express Kreditkarte. Sie verzog keine Miene, bedankte sich nicht überschwänglich, sondern nahm diese Aufmerksamkeit als gegeben hin.

In letzter Sekunde, bevor sie vom Tisch verschwand, räusperte er sich und fragte sie nach ihrem Namen. Clarissa, hatte sie nur gesagt und war gegangen.

Er konnte die ganze Nacht nicht schlafen. Und es war nicht nur ihr Körper, der ihn wach hielt. Er musste sie wiedersehen. Er musste sie kennen lernen. Musste wissen, was sie machte, wenn sie nicht hier im Restaurant bediente. Er wollte sie mit Haut und Haar.

Als er am nächsten Morgen an der Rezeption seine Rechnung beglich, fragte er nach der überaus kompetenten Bedienung vom letzten Abend. Der Mann hinter dem Tresen sah ihn argwöhnisch an und bemerkte, dass es sich hier um ein angesehenes Hotel und nicht um ein Etablissement handelte. Doch davon ließ sich Alexander von Bruch nicht irritieren. Er wolle nur eine Nachricht hinterlassen in einer Familienangelegenheit. Diese kleine Notlüge schien ihm in Anbetracht seiner emotionalen Verwirrung durchaus angebracht. Sogleich wurde ihm ein Block und Stift gereicht und so schrieb er seine ersten Zeilen an die Frau seines Lebens. Doch das wusste er da noch nicht.

Neben dem eingetrockneten Rotwein lag eine zerschlagene Flasche mit einem blutverschmierten Hals. Weit hatte sich dieser in die Schlagader des Opfers hineingebohrt. Voller Zorn war das scharfe Glas in ihn hinein gefahren. In den Mann, der ihm alles genommen hatte. Es hatte noch niemand nach Alexander von Bruch gesucht, der jetzt hier auf dem kalten Steinboden lag. Die Gesichtszüge starr vor Entsetzen. Die Augen weit aufgerissen und leer. Wer hätte auch nach ihm fragen sollen? Schließlich war er ja bei einem Autounfall ums Leben gekommen. Seine weit entfernte Verwandtschaft hatte vielleicht schon über einen Notar davon erfahren. Doch hatte sich niemand dazu veranlasst gesehen, wegen des Eigenbrötlers weit im Voraus geplante Termine durch dessen Ableben durchkreuzen zu lassen. Es würde sicher jemand beauftragt werden, sich um das Anwesen in Dornum zu kümmern. Bald.

Bad Zwischenahn

Schon seit fünf Uhr in der Frühe lag Eva wach in ihrem Bett. Es gab so vieles, worüber sie noch nachzudenken hatte. Eine junge Tote, einen Hochstapler, der sich für einen Adeligen ausgab und anonyme Bedrohungen. Wie passte das alles zusammen? Sie war froh, dass Jürgen ohne zu murren eingewilligt hatte, heute mit nach Bad Zwischenahn zu fahren. So würde sie auch Klara endlich wieder einmal sehen. Sie freute sich schon darauf, auch wenn sie vermutlich nicht sehr viel Zeit haben würden, sich mit ihr zu unterhalten.

Gegen sechs stand Eva schließlich auf. Sie duschte lange und machte sich ein ausgiebiges Frühstück. Sie wollten die Fähre um 8.20 Uhr nehmen, also hatte sie noch genügend Zeit. Als sie die Zeitung las, schweiften ihre Gedanken wieder in Richtung Alexander von Bruch ab. Er war bestimmt ein wichtiger Mann. Auf der anderen Seite hatte sie aber nicht übermäßig viel über seine aktuellen privaten Beziehungen im Internet in Erfahrung bringen können. Er hatte entgegen landläufiger Meinung, dass wohlhabende Leute gerne protzen, wohl eher tatsächlich zurückgezogen gelebt. Und letztlich war die Zeit des Hochadels in Deutschland sowieso schon lange vorbei. Und dann Dornum. Ein kleines Dorf und nicht gerade die

Gegend, wo Reiche sich aufhielten. Sie würde mit Jürgen auch einen Abstecher dahin machen, nahm sie sich vor.

Endlich war es dann soweit und Eva machte die Haustür hinter sich zu. Am Fähranleger stand bereits Jürgen und wartete auf sie.

»Konntest du auch nicht schlafen?«, fragte Eva und sie gingen an Bord.

»Geht so«, sagte Jürgen. So ganz auf dem Damm war er immer noch nicht. Er hatte sich gleich ins Bett gelegt, als Eva sich verabschiedet hatte. »Hast du denn noch was rausgekriegt gestern?«

»Na ja, dieser von Bruch war eher ein bescheidener Typ, deshalb vielleicht auch diese eher dürftigen Auskünfte über sein Privatleben im Internet«, sagte Eva und rührte in ihrem Kaffee. Jürgen hatte sich eine Cola bestellt.

»Ob er und diese Clarissa etwas miteinander zu tun hatten?«, fragte Jürgen.

»Wie kommst du darauf? Aber das ist durchaus ein interessanter Gedanke. Vielleicht passt dann auch der Hochstapler ins Bild, der sich ja kurz, nachdem wir die Leiche am Strand entdeckt hatten, bei mir aus fadenscheinigen Gründen unter seinem Namen eingeschlichen hat.«

»Du meinst, er könnte der Täter sein?«

Eva nickte und pustete in ihren Kaffeebecher.

»Wir werden mehr wissen, wenn wir endlich dieser Evgenia in Bad Zwischenahn auf den Zahn gefühlt haben«, meinte sie. »Und nach Dornum fahren wir auch noch, aber das konntest du dir ja sicher schon denken.«

»Ich habe meine Zahnbürste eingepackt für alle Fälle«, erwiderte Jürgen. »Fahren wir auch zu Klara?« Ihm lief das Wasser beim Gedanken an deftigen Grünkohl mit Pinkel im Mund zusammen.

»Sicher, wir brauchen ja ihren Wagen. Und ich freue mich ehrlich gesagt auch darauf, sie endlich wiederzusehen. Ich habe mich seit dem Jahreswechsel nicht mehr bei ihr gemeldet. Ich hab ein richtig schlechtes Gewissen.«

»Ach, Klara sieht das bestimmt nicht so eng. Sie weiß ja, wie hart du arbeitest.«

»Höre ich da etwa Ironie in deiner Stimme?«

»Niemals.« Jürgen lachte schelmisch.

Als sie in Esens ankamen, erlebten sie die erste Überraschung. Eva brauchte gar nicht auf den Klingelknopf von Klaras Wohnung zu drücken, denn die Tür stand offen.

»Komisch, oder?« Sie sah Jürgen fragend an.

»Lass uns doch einfach reingehen«, schlug er pragmatisch vor.

»Hallo!«, rief Eva in den Flur hinein und drückte die Tür weiter auf.

Eine Frau in den Vierzigern kam aus der Küche auf sie zu.

»Suchen Sie jemanden?«, fragte sie, als sie die Eindringlinge bemerkte.

»Allerdings«, sagte Eva in scharfem Ton. Wer war diese Frau und was hatte sie bei Klara zu suchen? »Ich bin Eva Sturm, Polizistin auf Langeoog. Und wir wollen zu Klara, sie ist eine alte Freundin von mir. Aber wer sind Sie?«

»Ach, Sie sind Eva ... nun, meine Mutter hat schon sehr viel von Ihnen erzählt. Ich bin Gabriele, ihre Tochter.« Sie reichte Eva die Hand.

»Und wo ist Klara?«, fragte Eva und ihre Stimme klang ängstlich. War Klara etwas Schlimmes passiert?

»Meine Mutter hatte einen Schlaganfall«, sagte die Tochter ohne Umschweife. »Es war bereits ihr Dritter. Wir mussten sie in ein Pflegeheim bringen, es ging nicht mehr anders.« Auf dem Gesicht der Tochter machte sich Trauer breit. Sicher war es ihr nicht leichtgefallen. So etwas war niemals leicht.

»Oh, das tut mir leid«, sagte Eva. »Wir wussten das nicht. Sonst wäre ich nicht so hier ... also ...«

»Schon gut. Ich weiß ja, dass sie gut mit meiner Mutter befreundet sind. Kann ich denn etwas für Sie tun? Sie sind ja sicher nicht ohne Grund hier.«

Sollte sie jetzt auch noch ganz egoistisch nach Klaras Auto fragen? Würde das nicht wirklich schäbig aussehen? Sie wog die Vor- und Nachteile ab und antwortete:

»Nun, eigentlich hat mir Klara immer ihren Wagen geliehen, wenn ich auf dem Festland etwas zu erledigen hatte«, sagte Eva und sah erleichtert, dass die Tochter lächelte.

»Oh, kein Problem. Den Wagen können Sie gerne nehmen. Auch davon hat mir meine Mutter erzählt. Sie sagte immer voller Stolz, dass ihr alter Opel zu einem wichtigen Ermittlungsfahrzeug geworden sei.«

Jetzt musste auch Eva lachen. Typisch Klara. Jürgen hatte sich derweil auf die Toilette verzogen.

»Ja, wir haben wirklich schöne Abende hier verbracht«, sagte Eva und sah sich in der Wohnung um. »Ihre Mutter ist wirklich eine ganz besondere Frau.«

»Hier nehmen Sie.« Die Tochter nahm die Autoschlüssel vom Haken und reichte sie Eva. »Behalten Sie den Wagen. Meine Mutter wird ihn mit Sicherheit nicht mehr brauchen und ich wüsste sonst gar nicht, wohin damit. Bei ihnen ist er in guten Händen.«

Eva war sprachlos. Nun hatte sie auch noch ein Auto am Hals. »Danke, das ist sehr nett von Ihnen«, brachte sie hervor und nahm die Schlüssel entgegen. Jürgen kam vom Klo zurück und sah von einem zum andern.

»Wir haben jetzt ein eigenes Ermittlungsfahrzeug«, sagte Eva und er verstand nur Bahnhof. »Lass uns jetzt losgehen, wir müssen ja noch einiges erledigen heute.«

Sie verabschiedeten sich.

»Der Wagen gehört jetzt dir?«, fragte Jürgen, als Eva den Anlasser startete, woraufhin stotternde Geräusche zu vernehmen waren.

»Genau. Und ihm scheint es genauso wenig zu gefallen wie mir. Wo soll ich denn damit hin? Eine Garage mieten in Bensersiel dürfte doch wohl ein bisschen zu teuer sein.«

»Du kannst das als Polizistin doch sicher absetzen«, lachte Jürgen.

»Mach du nur deine Späßchen auf meine Kosten.« Eva gab Gas.

Als sie nach einer gefühlten Ewigkeit Bad Zwischenahn erreichten, war es schon früher Nachmittag.

»Eine wirklich schnuckelige Stadt«, meinte Eva, als sie sich durch die Straßen schlängelten. »Guck doch mal auf die Route, die ich ausgedruckt habe. Weit kann es eigentlich nicht mehr sein bis zum Hotel.«

»Haus am Meer ... nun, da musst du wohl gleich links abbiegen.«

»Ich seh hier keine Straße ...«

»Doch doch, da vorne, wo der Pfeil auf der Straße abgeht, da musst du links fahren.«

»Da sind aber doch so viele Fußgänger. Glaubst du wirklich, dass ich da rein darf?«

»Eva, bieg jetzt ab, bitte.«

»Ist ja schon gut ...«

Eva setzte den Blinker, schaltete zwei Gänge zurück, der Opel heulte auf ... sie ordnete sich links ein und bog ab, als sich eine Lücke zwischen den Fußgängern bot.

»Na gut, war doch gar nicht schwer«, meinte Jürgen und hielt sich am Sitz fest. »Aber zurück könnte ich auch fahren.«

Eva erwiderte nichts und ließ den Wagen auf einen Parkplatz gleich links ausrollen und machte die Zündung aus.

»Na guck, du hast es überlebt. Ziehst du mal einen Parkschein?«

»Aber sicher, Eva.« Er stieg aus und suchte sein Portemonnaie nach Kleingeld ab.

»Guck mal, da ist das Hotel ... und da rechts scheint es zum Zwischenahner Meer zu gehen.«

»Ja, ich weiß. Ich bin ja nicht zum ersten Mal hier.« Jürgen legte den Parkzettel auf die Armatur und schloss die Fahrertür. »Willst du nicht abschließen?«

»Wer sollte den schon klauen.« Sie lief in Richtung Hotel. »Wenn wir hier fertig sind, möchte ich noch am Meer spazieren gehen.«

Quengelt wie ein kleines Kind, dachte Jürgen.

»Ja, machen wir ...«, sagte er und folgte Eva in das äußerst nobel erscheinende Hotel.

An der Rezeption wurden sie von einer jungen Frau mit östlichem Akzent begrüßt.

»Guten Tag, was kann ich für Sie tun?«

»Ich bin Eva Sturm, Polizei Langeoog. Ich würde gerne mit einer Ihrer Mitarbeiterinnen sprechen. Es handelt sich um Evgenia ...« Sie wusste nicht einmal den Nachnamen.

»Oh, das bin ich«, sagte die junge Frau und ihr Gesicht verdunkelte sich. »Es geht um Clarissa, habe ich recht?«

Eva nickte. »Ja. Es tut mir sehr leid, was mit ihrer Freundin passiert ist. Könnten wir uns vielleicht einen Moment irgendwo ungestört unterhalten?«

»Da müsste ich eben telefonieren«, sagte sie. »Setzen Sie sich doch bitte dort drüben hin, ich komme dann gleich.«

Eva und Jürgen gingen zu dem Platz am Fenster.

»Und? Wie geht's deinem Magen?«, fragte Eva und blätterte in der Menükarte.

»Ach, geht schon. Ab und zu habe ich noch kurze Krämpfe, aber im Großen und Ganzen fühle ich mich schon besser.«

»Dann könnten wir ja auch was essen, wenn wir den Spaziergang gemacht haben.«

Evgenia trat an den Tisch und setzte sich zu ihnen. Ihre Augen hatten feine rote Ränder. Sie hatte geweint.

»Clarissa war eine sehr gute Freundin von Ihnen, nehme ich an«, begann Eva.

Evgenia nickte.

»Wie lange kannten Sie sie schon?«

Die junge Frau seufzte auf. »Vielleicht ein Jahr oder so. Sie fing hier als Aushilfe an. Ich habe sie ein bisschen eingearbeitet.«

Das deckte sich mit der Aussage von Viktor Gabel.

»Und dann haben Sie sich mit ihr angefreundet?«

Evgenia nickte wieder. »Sie war sehr nett zu mir. Und so viele Freunde habe ich auch nicht.« Sie senkte betrübt ihren Kopf.

»Wenn sie sich so gut kannten, dann wissen Sie doch sicher auch, ob Clarissa einen Freund hatte.«

Evgenia sah wieder auf. »Hm ... eigentlich weiß ich das nicht so genau.«

Sollte Eva ihr das abkaufen? Eher nicht.

»Was heißt das, Sie wissen es nicht so genau? War es nur eine Affäre oder dürfen Sie nicht darüber sprechen?«

Die junge Frau atmete erleichtert aus. »Ich darf es nicht sagen. Clarissa wollte nicht, dass es jemand weiß.«

»Aber jetzt ist Clarissa tot«, sagte Eva so sanft es ging. »Und wir müssen jetzt herausfinden, wer sie getötet hat. Das verstehen Sie doch, oder?«

Evgenia nickte und schnäuzte sich.

»Dann helfen Sie uns doch bitte und sagen uns, um wen es sich gehandelt hat. Oder waren es mehrere?«

»Oh nein«, rief Evgenia aus. »So eine war Clarissa nicht. Es war ein älterer Mann ... aber ich weiß wirklich nicht, wie lange sie schon mit ihm zusammen war. Vor ein paar Monaten hat sie mir davon erzählt.«

»Und wie heißt dieser Mann? Das wissen Sie doch sicher.«

Evgenia nickte. Sie sah von einem zum anderen und dann aus dem Fenster, als überlegte sie, in welche Schwierigkeiten sie die Sache jetzt bringen konnte.

»Sie haben dadurch keine Nachteile, das versichere ich Ihnen«, beruhigte Eva. »Wir behandeln Ihre Aussage vertraulich.«

»Na gut. Es ist ein Mann, der Alexander von Bruch heißt.«

»Alexander von Bruch?«, stieß Eva aus. Dieser Mann verfolgte sie offensichtlich.

»Ja, er wohnt irgendwo an der Nordseeküste. Genaueres weiß ich leider auch nicht.«

Aber wir, dachte Eva.

»Wann haben Sie Clarissa denn zum letzten Mal gesehen?«

Die Angesprochene dachte nach. »Das weiß ich gar nicht mehr so genau. Als wir das Bild in der Zeitung gesehen haben, hatten wir uns aber schon große Sorgen gemacht.«

»Und warum? Kam es denn nicht öfter vor, dass Clarissa mal frei hatte oder so?«

»Ja schon. Aber sie hätte eigentlich schon wieder arbeiten müssen. Sie war drei Tage überfällig. Wir haben das vor dem Chef verheimlicht, indem wir gesagt haben, sie habe sich gemeldet, weil sie eine Erkältung hätte.«

Eva wusste, dass es hier nichts weiter zu holen gab. »Danke, Sie haben uns damit sehr geholfen.« Sie erwähnte lieber nicht, dass Clarissa auch noch schwanger gewesen war. Sicher wäre Evgenia dann völlig zusammengebrochen. Sie wirkte mit ihrem fast durchscheinend hellen Teint und den blassblauen Augen ohnehin wie ein Mensch, dem es lieber war, etwas nicht zu wissen.

»Hier im Hotel werden wir nicht weiterkommen«, sagte Eva, als sie mit Jürgen draußen vor der Tür stand.

»Und? Willst du jetzt immer noch spazieren gehen?«, fragte Jürgen und sah in Richtung Wandelhalle.

»Wir fahren jetzt nach Dornum«, erwiderte Eva. »Spazieren gehen kann ich immer noch. Jetzt muss ich erst mal sehen, was es mit diesem von Bruch auf sich hat.«

»Alles andere hätte mich auch gewundert.«

Jürgen nahm Eva die Autoschlüssel kommentarlos ab und setzte sich hinters Steuer.

Die Fahrt nach Dornum verlief ruhig. Eva dachte über Clarissa Hartmann nach. Die Affäre, oder wenn es sogar mehr war, musste für die junge Frau wie eine Art Lottogewinn gewesen sein. Doch vielleicht tat sie ihr auch Unrecht und es war wirklich Liebe im Spiel gewesen. Und eigentlich ging ja auch beides. Aber es war nicht von der

Hand zu weisen, dass das Vermögen von diesem Adeligen ein sehr gutes Motiv für einen Mord lieferte. Sicher sahen es mögliche Verwandte nicht gerade gerne, wenn ihr Vermögen jetzt an eine Fremde ging, die auch noch ein Kind erwartete. Sie würde gleich nach ihrer Rückkehr auf die Insel die Verwandtschaft von Alexander von Bruch genauer unter die Lupe nehmen. Was war mit der Ex-Frau? Sie war ja eigentlich gar keine Ex-Frau, weil sie ja nur von ihrem Mann getrennt lebte. Ob sie hinter dem Mord steckte? Sicher hatte Alexander von Bruch sie auch weiterhin finanziell sehr gut unterstützt. Doch es gab Frauen, die wollten alles haben. So etwas konnte sie sich für sich gar nicht vorstellen. Sie teilte gerne. Sie sah zu Jürgen herüber, der stoisch nach vorne sah. Er hatte noch nicht ein Wort gesagt, seitdem sie losgefahren waren. Ob ihm die Verfolgungsjagden mit ihr langsam auf die Nerven gingen?

»Jürgen?«

Erschrocken sah er zur Seite.

»Was ist? Hab ich eine Abfahrt verpasst?«

»Nein. Ich wundere mich nur, dass du die ganze Zeit nichts sagst.«

»Ach, mir geht es noch nicht so gut. Im Moment ist mir ein bisschen flau im Magen.«

»Wir könnten irgendwo anhalten und etwas essen ... oder einen Tee trinken«, schlug Eva vor.

»Nein, lass man. Das wird sicher gleich wieder besser.«

»Du denkst doch sicher auch, dass dieser von Bruch in den Tod von Clarissa Hartmann verwickelt ist, oder?«

»Keine Ahnung. Ich habe im Moment genug mit mir selber zu tun«, sagte Jürgen knapp.

Also doch, dachte Eva pikiert. Ich gehe ihm auf die Nerven.

Die Fahrt verlief weiter ruhig, bis sie schließlich in Dornum vor dem Anwesen von Alexander von Bruch ankamen.

Haus am Meer

»Was hast du der Polizei erzählt?« Viktor Gabel hatte Evgenia abgefangen, als Eva und Jürgen das Hotel wieder verlassen hatten.

»Ich habe nichts gesagt«, antwortete Evgenia. »So wie du gesagt hast. Ich weiß doch sowieso nichts.«

»Das ist auch besser für dich«, brummte Viktor Gabel. Es gefiel ihm nicht, dass diese Polizistin immer noch hier herumstocherte.

Evgenia sah ihn erschrocken an. »Viktor, du willst mir doch wohl nicht etwa drohen?«

Er legte eine Hand auf ihre Schulter. »Aber natürlich nicht. Wir sitzen doch alle in einem Boot. Wir waren mit Clarissa befreundet und wissen von nichts. So soll es auch bleiben.«

»Dann ist ja gut«, sagte sie und lächelte ihn angriffslustig an. »Es könnte sonst nämlich sein, dass ich mich mal verplappere.«

Er lachte und zog sie rüde an sich. »Du doch nicht, meine Kleine. Jede, aber nicht du.«

Dornum

Eva und Jürgen stiegen aus dem Opel und liefen auf das Gut zu.

»Sieht ja schon etwas renovierungsbedürftig aus«, befand Jürgen. »Die Fenster halten sicher nicht mehr viel Wärme im Haus. Die reinste Energieverschwendung.«

»Da könntest du recht haben«, stimmte Eva zu. Sie dachte an ihre kuschelige Wohnung und ihr Sofa. Die lange Fahrt hatte sie irgendwie müde gemacht.

Sie stiegen die Stufen zur wuchtigen Holztür hinauf und Eva drückte auf den Klingelknopf. Sie warteten. Drei Minuten. Fünf Minuten. Nach zehn Minuten riss Jürgen der Geduldsfaden.

»Also, ich würde ja sagen, da ist keiner zuhause.«

»Sieht so aus. So ein Mist aber auch. Die ganze Fahrerei für nichts.«

»Du hättest ja vorher anrufen können.«

»Klar. Aber ich wollte den Überraschungsmoment nutzen.«

»Aha.«

»Wir könnten uns ja trotzdem mal ein bisschen umsehen, was meinst du?«

»Klar. Einbruch ist bei mir schon eine ganze Weile her, warum nicht.«

»He, so meinte ich das nicht. Aber meine Güte, wir ermitteln in einem Mordfall. Und außerdem gibt sich jemand für Alexander von Bruch aus. Das dürfte doch wohl ausreichen, um hier mal auf den Busch zu klopfen.«

Sie liefen um das Anwesen herum und Eva drückte ihre Nase an die Scheibe der Verandatür.

»Ich kann nicht viel sehen außer ein paar schweren Möbeln«, sagte sie enttäuscht.

»Was hast du erwartet? Etwa, dass der Täter da mit einem Whisky in der Hand auf dich wartet?«

»Sehr witzig. Also, wenn du mir weiter so die Laune verdirbst, dann kannst du das nächste Mal zuhause bleiben.«

»Nichts lieber als das ...«

»Verdammt nochmal, kannst du mir wohl endlich mal sagen, was eigentlich mit dir los ist?«, polterte Eva plötzlich los. »Die ganze Zeit, seit wir heute zusammen unterwegs sind, bist du so merkwürdig. Redest nicht und ...«

Jürgen drehte sich demonstrativ weg. Sie packte ihn am Arm und riss ihn wieder herum.

»Jürgen, rede jetzt endlich. Hast du was mit diesem Vamp und magst es mir nicht sagen?«

»Was?!« Jürgen traute seinen Ohren nicht. »Ich soll was mit Rosa haben? Daher weht also der Wind. Deshalb musste ich hier praktisch schwerkrank mit nach Bad Zwischenahn gurken, nur damit du mich unter Kontrolle hast.«

»Kontrolle!« Eva schrie nur noch. »Ich brauche keine Kontrolle über einen Menschen, dem ich eigentlich vertrauen können sollte. Das ist ja nur noch lächerlich. Du mauerst doch hier die ganze Zeit. Dabei wäre es für mich überhaupt kein Problem, wenn du mit Rosa zusammen wärst.«

»Ich höre mir das nicht länger an. Du bist ja völlig verrückt geworden.«

Jürgen machte Anstalten, wegzurennen. Eva hielt ihn fest. Und dabei wurde sie unsanft gegen die Verandatür gedrückt, die mit einem Quietschen aufsprang.

Beide hielten in ihrer Bewegung inne.

»Du hast die Tür kaputtgemacht«, fand Jürgen als erster wieder Worte.

»Ich habe gar nichts kaputt gemacht«, flüsterte Eva. »Aber jetzt können wir endlich hier rein.«

Als hätte es den albernen Zwist gar nicht gegeben, schlichen beide zusammen in das Haus.

»Riecht muffig hier.«

»Warum flüsterst du?«

»Keine Ahnung.« Eva hielt den Atem an. »Hörst du was?«

»Nein. Und hier ist keiner im Haus, wenn du mich fragst. Die Heizung ist ja nicht einmal an«, warf Jürgen pragmatisch ein.

»Sieht alles verdammt teuer aus hier. Lass uns doch mal nach oben gehen.« Eva stieg bereits die schwere Marmortreppe hinauf.

»Ich könnte in so etwas ja nicht wohnen«, meinte Jürgen, als er mit der Hand an der kühlen Wand entlangfuhr.

»Dafür muss man wohl geboren sein.« Eva stieß oben bereits die erste Tür auf. »Hier ist das Badezimmer. Guck mal, so was von feudal. Goldene Wasserhähne.«

»Die haben also wirklich so etwas?«

Eva musste lachen.

Sie gingen weiter und auch das Schlafzimmer des Schlossherrn war nur mit den besten Möbeln und Stoffen ausgestattet.

»Und jetzt?«, fragte Jürgen. »Ob ich hier mal aufs Klo gehen kann?«

»Sicher doch. Ich gehe schon mal nach unten und gucke mir den Keller an.«

»Warte lieber auf mich«, sagte Jürgen und verschwand schnell im Bad.

Eva wartete natürlich nicht.

Unten schob sie die schwere Kellertür auf. Sie sah nichts und suchte mit der Hand entlang der Wand nach einem Lichtschalter. Sie fand einen und es wurde heller im Raum. Viele Regale gefüllt mit Flaschen und anderen Habseligkeiten fielen ihr als Erstes auf. Sie stieg die Holztreppe hinab. Ihre Augen hatten sich an das schummerige Licht gewöhnt. Und dann sah sie jemanden am Boden liegen.

»Jürgen!«, rief sie. »Hier im Keller!«

»Ich komme …« in wenigen Schritten war er bei ihr. »Wer ist das?«

»Ich tippe mal, dass das Alexander von Bruch ist. Das würde auch erklären, warum ein anderer sich für ihn ausgegeben hat.«

»Findest du? Ich meine, warum bringt jemand einen anderen um, und stolziert dann mit seiner Identität durch die Gegend. Das ist doch völlig hirnrissig.«

»Ja, völlig verrückt. Es nützt nichts, ich muss jetzt die Kollegen hier in Dornum informieren.«

»Aha. Und wie willst du erklären, was wir hier unten machen?«

»Da muss ich mir etwas einfallen lassen. Ich kann den Mann doch jetzt nicht einfach hier liegen lassen, als sei nichts geschehen.«

»Sicher nicht. Aber wir könnten abhauen und einen anonymen Hinweis geben.«

»Jürgen, bei aller Liebe. Das geht einfach nicht. Irgendwo hört der Spaß auch auf. Du kannst gerne schon losgehen. Man muss dich hier ja nicht antreffen. Aber ich bleibe. Irgendwas werde ich den Kollegen schon erzählen.«

»Da bin ich gespannt. Aber ich gehe jetzt. Ich gehe in die kleine Bäckerei, an der wir vorhin vorbeigefahren sind. Du kannst mich nachher da abholen. So weit ist das ja nicht.«

»Okay. Mach das. Ich versuche auch, hier so schnell wie möglich fertig zu werden.«

Bereits nach einer halben Stunde standen ein Krankenwagen und ein Polizeiwagen mit Blaulicht in der Auffahrt der Villa.

Eva versuchte, so gut es ging, den Kollegen zu erklären, warum sie hier eingedrungen war. Sie verschwieg, dass sie die Terrassentür praktisch gewaltsam geöffnet hatten. Vielmehr sei sie nur halbherzig angelehnt gewesen, als sie um das Haus herumgegangen sei, um nach dem Rechten zu sehen. Die Beamten staunten nicht schlecht, als sie den

Toten am Boden liegen sahen. Alexander von Bruch war in Dornum nicht unbedingt bekannt wie ein bunter Hund gewesen. Und davon, dass er bei einem Unfall ums Leben gekommen war, meinten sie, auch irgendwie mal etwas in der Zeitung gelesen zu haben. Umso erstaunter waren sie jetzt. Also wieder etwas, das Eva noch aufzuklären hatte. Was war das für ein Zeitungsbericht, in dem von einem Unfalltod Alexander von Bruchs die Rede war? Der Fall wurde immer suspekter.

Nachdem geklärt war, dass der Tote tatsächlich Alexander von Bruch war und genügend Fotos und Spuren gesichert waren, wurde er von einem Leichenwagen abgeholt.

Eva bat die Kollegen, sie sofort über weitere Hinweise auf dem Laufenden zu halten. Und dann rief sie noch bei Ole Meemken an, der den Toten unter die Lupe nehmen würde, damit er prüfte, ob Alexander von Bruch der Vater von Clarissa Hartmanns ungeborenem Kind gewesen war.

Es waren fast zwei Stunden vergangen, als sie endlich vor der kleinen Bäckerei hielt. Jürgen hatte tatsächlich durchgehalten und saß mit einem Buch in der Hand an einem runden Tisch in der hintersten Ecke.

»Sorry, dass es so lange gedauert hat«, sagte Eva und setzte sich zu ihm. »Was liest du denn da?«

»Ach, ich bin noch ein wenig spazieren gegangen und an einem Kiosk habe ich das hier entdeckt. Gar nicht so übel. Ein Ostfriesenkrimi. Und der Autor wohnt sogar hier in Norden.«

»Ach ja? Seit wann liest du Krimis?«

»Läuft unter Fortbildung«, sagte Jürgen lachend. »Und was hast du alles herausgefunden?«

Eva brachte ihn auf den Stand der Dinge. Und am Ende sah sie gedankenverloren auf den Bäckertresen.

»Ich hätte ja Hunger und du?«

»Doch, einen Happen könnte ich auch vertragen.«

»Aber nicht hier. Lass uns doch wieder nach Bad Zwischenahn fahren. Man kann im Haus am Meer glaube ich ganz gut essen.«

»Ich hab's geahnt«, lachte Jürgen. »Und die letzte Fähre ist ja auch schon lange weg. Wir werden dann sicher auch dort übernachten, nehme ich an.«

Eva nickte zufrieden und sie fuhren los.

Als sie wieder in Bad Zwischenahn ankamen, wurden sie wie auch am Tage höflich empfangen. Allerdings nicht von Evgenia und auch von Viktor Gabel war nichts zu sehen. Eva buchte zwei Einzelzimmer für die Nacht und reservierte einen Tisch im Restaurant.

»Ich war heute schon einmal hier, und da hat mich Ihre Kollegin Evgenia bedient. Hat sie schon Feierabend?«, fragte Eva beiläufig.

»Oh. Nein. Evgenia hat sich heute Nachmittag krankgemeldet. Ihr ging es plötzlich nicht so gut. Möchten Sie ihr vielleicht eine Nachricht hinterlassen?«

»Nein danke. Das ist nicht nötig. Und Viktor Gabel? Was ist mit ihm?«

»Viktor hat Urlaub. Ich fürchte, Sie haben heute kein Glück«, sagte die Angestellte bedauernd.

Oh, das sehe ich ein bisschen anders meine Liebe, dachte Eva. Es war schon komisch, dass ihre beiden Zeugen aus dem Hotel plötzlich nicht mehr im Hause waren. Sie hatte schon den richtigen Riecher gehabt, als sie wieder hierher gewollt hatte.

Sie machten sich jeder in ihrem Zimmer frisch und trafen sich nach einer halben Stunde im Restaurant. Die Speisekarte ließ nichts zu wünschen übrig. Doch ob sich ein Vier-Gänge-Menü für zwei Personen im Rahmen ihrer Ermittlungsarbeit absetzen ließ? Egal. Sie bestellte es trotzdem. Jürgen, dem es schon viel besser ging, hatte eine kleine Belohnung verdient. Und es war mal etwas anderes als Pizza.

»Ich finde, der Fall wird immer verworrener«, sagte Eva und kostete von dem Sauvignon Blanc, vierzig Euro die Flasche. »Was machen wir, wenn das Kind gar nicht von Alexander von Bruch ist?«

»Und was machst du, wenn er der Vater ist?«, hielt Jürgen dagegen. »Eins ist doch so blöd wie das andere. Oder meinst du, sie ist wegen des Kindes umgebracht worden?«

»Weiß man's? Und mal angenommen, das Kind ist nicht blaublütig, und sie hat es von Bruch gestanden. Oder er hat es rausbekommen. Dann könnte ja sogar er der Mörder von Clarissa sein.«

»Mal den Teufel nicht an die Wand«, sagte Jürgen und biss in eine Möhre, die er aus einem Salatbett geangelt hatte.

»Und wenn das Kind doch von dem Adeligen ist, dann könnte es ja sogar sein, dass Clarissa noch einen anderen Freund hatte, der gar nicht damit einverstanden war, dass sie eine blaublütige Affäre hatte. Vielleicht hat sie sich sogar wegen Alexander von Bruch von ihrem Freund getrennt. Und der hat dann Rot gesehen und beide getötet.«

»Oder blau.«

»Wie blau?«

»Na, blaues Blut. Der Mörder hat Blau gesehen.«

»Du und deine Wortakrobatiken«, lachte Eva. »Und am Ende war dann eine Frau die Täterin. Wer weiß das schon?«

»Na, wir hoffentlich bald.« Jürgen winkte nach der Bedienung, um noch eine weitere Flasche Wein zu bestellen.

»Das geht heute ganz schön ins Geld«, sagte Eva.

»Adel kostet eben«, meinte Jürgen.

»Tja, nur dass die's auch haben, das nötige Kleingeld.«

»Keine Sorge, Eva, die zweite Flasche gebe ich aus. So als kleine Entschuldigung, weil ich heute so maulig war.«

»Ach, du gibst es also zu?«

»Zugeben? Ich weise nur auf etwas hin. Das ist ein Unterschied.«

Eva und Jürgen verabschiedeten sich erst kurz vor Mitternacht und gingen auf ihre Zimmer. Jeder auf seins.

Wer ist der Vater?

Bereits um neun Uhr waren Eva und Jürgen am nächsten Morgen wieder unterwegs. Sie mussten zurück auf ihre Insel. An der Rezeption im Hotel hatte Eva noch einmal nach Evgenia und Viktor gefragt. Ergebnislos. Auf ihre Frage nach einer Adresse von beiden, stieß sie auf taube Ohren. Und so lange sie nicht in direktem Zusammenhang mit dem Mord standen, wollte sie auch keine schlafenden Hunde wecken. Wichtig war jetzt zu erfahren, wer der Vater von Clarissas Kind war. Und dann wollte Eva unbedingt herausfinden, wer dieser Hochstapler war, der sich als Alexander von Bruch ausgegeben hatte.

»Was mache ich bloß mit dem Wagen?«, seufzte Eva, als sie in Bensersiel am Fähranleger ankamen.

»Frag doch mal in der Kurverwaltung, ob sie dir für ein Quasi-Ermittlungsfahrzeug einen Parkplatz anbieten können.«

»Gute Idee. Aber dafür habe ich jetzt keinen Nerv. Ich werde hier erst mal mit Ticket parken. Wir kommen ja in den nächsten Tagen sicher sowieso wieder rüber.«

»Das fürchte ich auch«, sagte Jürgen. Wieder einmal wurde er notgedrungen zum Inselhopper. Auch wenn es immer die gleiche Insel war, die er besuchte. Wobei besuchen es schon gut traf. So richtig zur Ruhe kam er ja auf Langeoog gar nicht mehr. Wenn er mal abschalten wollte, würde er wohl woanders Urlaub machen müssen. Eine fatale Entwicklung, die sein Leben da mit Eva nahm.

Als Eva in der Dienststelle ankam, hatte sie eine Menge E-Mails bekommen. Unter anderem auch eine von Ole Meemken. Das Kind war nicht von Alexander von Bruch. »So eine verdammte Scheiße«, fluchte Eva vor sich hin. Es hätte die Sache schon erleichtert, wenn wenigstens das geklärt gewesen wäre.

Und dann war da noch eine E-Mail, bei der sie schon am Absender erkannte, dass sie sie lieber nicht lesen würde. Sie war von ihm. Dem unheimlichen Nachrichtenschreiber. Sollte sie die E-Mail einfach löschen? Warum tat sie ihm eigentlich den Gefallen und las den Mist auch noch? Genau. Das musste sie nicht. Ihr Zeigefinger fuhr sachte über den Schalter der Maus, wo mit einem Klick alles weg gewesen wäre. Für den Bruchteil einer Sekunde zögerte sie und drückte dann doch auf Öffnen. Die Neugier hatte gesiegt. *Bald ist es soweit* stand da. Mehr nicht. Bald ist was soweit?, fragte sich Eva. Und ihre Hand zitterte, als sie den Druckauftrag für diese wenigen Worte bestätigte. Sollte sie Jürgen anrufen? Doch der konnte ihr im Moment auch nicht helfen. Außerdem wollte er sich ausnahmsweise, wie er gesagt hatte, mal wieder um die Touristinfo kümmern. Mittlerweile sei das ja nur noch ein Nebenjob, hatte er lachend gesagt und ihr zum Abschied zugewunken.

Eva versuchte, so gut es ging, ihre unterschwellige Angst zu überwinden. Ob auch Clarissa so in Angst gelebt hatte? Schließlich war sie mit einem Mann zusammen, viel älter als sie, den sie vielleicht liebte. Aber unter ihrem Herzen hatte sie das Kind eines anderen getragen. Hatte sie den anderen trotz ihrer Schwangerschaft wegen Alexander von Bruch verlassen? Oder führte sie ein Doppelleben mit zwei, vielleicht sogar drei Männern? Einer schönen Frau war ja alles zuzutrauen. Hatte Clarissa Hartmann die Männer nur ausgenutzt? Musste sie die Schöne nach allem doch noch einmal mit ganz anderen Augen betrachten? Es gab so viele offene Fragen. Und jetzt waren auch zwei Hauptzeugen plötzlich von der Bildfläche verschwunden. Aber wenn Viktor Gabel und Evgenia etwas mit den Morden zu tun gehabt hätten, würden sie dann auf den Zeitungsaufruf reagiert und sich gemeldet haben? Irgendwie war das unwahrscheinlich. Sie würden sich ja nicht unnötig in den Fokus rücken, wenn sie jemanden umgebracht hatten.

Eva griff zum Telefon. Sie wollte die Sache auch noch einmal persönlich mit Ole Meemken besprechen.

»Hallo, Eva hier ...«

»Du rufst wegen meiner E-Mail an?«, kam es vom anderen Ende.

»Ja. Du sagst also, Alexander von Bruch ist nicht der Vater?«

»Die Untersuchungen sagen das Eva, nicht ich.«

»Tja ...«

»Tja was? Hast du noch was anderes auf dem Herzen?«

Es blieb still in der Leitung.

»Eva?«

»Hm ... also, ich habe mich gefragt, ob du mir vielleicht auch in einer anderen Sache helfen könntest.«

»Was für eine Sache. Nun red schon, ich habe hier noch einen aufgeschlitzten Körper auf dem Tisch liegen, der wieder zugenäht werden muss.«

»Ach, ist auch nicht so wichtig. Ich wollte nicht stören. Ich melde mich ein andermal wieder.«

Schnell legte Eva auf. Fast hätte sie ihm von den E-Mails erzählt, die ihr solche Panik bereiteten.

Und jetzt? Was sollte sie jetzt machen? Jürgen konnte sie jetzt nicht behelligen. Nicht schon wieder. Ob sie nochmal nach Esens rüberfahren sollte und Klara besuchen. Die Tochter hatte ihr die Adresse des Pflegeheimes genannt, doch sie hatte auch hinzugefügt, dass Klara nicht mehr allzu viel mitbekäme. Es war so traurig. Das letzte Mal hatte Klara sie und Jürgen noch mit einem fürstlichen Mahl vor Weihnachten verwöhnt. Und jetzt das. Sollte alles vorbei sein? Eva war zum Heulen zumute. Und dabei stand der Frühling vor der Tür. Aber sie hatte ja schon oft gehört, dass gerade im Frühling die meisten Depressionen ausbrachen und Selbstmorde verübt wurden. Also, sie wunderte das ja nicht.

Sie musste auf andere Gedanken kommen. Sie versuchte, sich wieder auf den Fall zu konzentrieren. Sie setzte sich an ihren PC und rief sich das Power Point Programm auf. Sie musste alle Beteiligten einmal unter einen Hut beziehungsweise eine Datei bringen. Vielleicht half ihr so eine Übersicht ja weiter.

Und am Ende sah Eva auf den Bildschirm und stellte fest, dass es gar nicht so viele Beteiligte an dem Fall gab. Eigentlich erstaunlich wenige, wenn man bedachte, dass zwei Menschen gestorben waren. Und ein unschuldiges nicht geborenes Kind. Und dieses Kind war vermutlich der Schlüssel zu allem.

Sie fuhr den Rechner runter. Es war schon spät. Zu spät, um noch auf das Festland zu fahren. Aber gleich am nächsten Morgen, da würde sie die erste Fähre nehmen.

Sie würde Klara besuchen und ja, es gab da noch jemanden, dem sie einen Besuch abstatten würde.

Milch mit Honig

Jürgen wachte am nächsten Morgen auf und wunderte sich. Es war bereits neun Uhr durch und keine wildgewordene Polizistin hatte seinen Schlaf gestört. Er war gestern Abend, ohne sich noch einmal mit ihr in Verbindung zu setzen, direkt in seine Wohnung gegangen. Die Arbeit in der Touristinfo hatte ihn ganz schön geschlaucht. Als er dann zuhause war, überkam ihn ein leichtes Fieber, ein Rückfall. Kein Wunder. Schonung sah anders aus.

Also hatte er sich eine heiße Milch mit Honig gemacht und sich damit ins Bett gelegt.

Da er sich jetzt schon viel besser fühlte, wunderte er sich natürlich schon, nichts mehr von Eva gehört zu haben. Es war wie verhext. Wenn er mit ihr zusammen war, nervte sie ihn, und wenn er nicht wusste, was sie machte, nervte ihn das auch. Sie schienen eine ganz typische Beziehung zu führen.

Es war zwar gemütlich im Bett, doch jetzt hielt ihn nichts mehr hier. Das Fieber war verschwunden und er musste in die Touristinfo.

Als er in die Küche kam, fiel sein Blick auf sein Handy. Hatte Eva vielleicht angerufen? Er hatte gestern auf lautlos gestellt. Nein, sie hatte nicht angerufen, aber ihm eine SMS geschickt. »Bin auf dem Festland, Klara besuchen.«

Okay, dachte er. Vielleicht wäre es ganz nett gewesen, Eva zu begleiten, denn Klara war auch zu seiner guten Freundin geworden. Aber er war jetzt nicht unbedingt sauer, sich einen schönen stressfreien Tag ohne Eva machen zu können. Ob sie noch etwas herausgefunden hatte gestern? Nun, wenn man ihn fragen würde, dann lag der Fall ganz klar auf der Hand. Jemand wollte da an das Geld eines Blaublüters. War das nicht immer so? Aber ihn fragte ja wie immer keiner.

Der Opel von Klara

Es ist schon ein komisches Gefühl, dachte Eva, als sie mit nur wenigen Mitreisenden auf der Fähre zum Festland saß. Ich bin noch keine zwei Jahre Insulanerin und fühle mich dort schon zuhause. Man konnte sich sehr gut an Sonne, Sand und Meer gewöhnen. Und bald war Ostern und die Insel würde wieder viele Gäste haben. Und sicher war auch wieder der ein oder andere Verbrecher darunter. Die Welt war einfach so.

Die Fähre legte an und Eva schlenderte zu dem alten Opel von Klara. Er sah so einsam aus auf dem Parkplatz, wie ein herrenloser Hund. Und was sollte sie bloß mit dem Wagen machen? Dass er hier auf dem öffentlichen Parkplatz stand, ging sicher nicht lange gut. Sie stieg ein und fuhr Richtung Esens, um Klara in dem Altenwohnzentrum zu besuchen. Es fuhr ein merkwürdiges Gefühl durch ihren Bauch, als sie den Wagen abstellte. Sollte das Leben ihrer lieben Freundin Klara wirklich hier enden? Sie konnte die Tochter ja verstehen. Einen alten Menschen zu pflegen, wer machte das heute schon noch?

Am Empfang begrüßte man Eva herzlich und nannte ihr die Zimmernummer. Der Raum wirkte hell und freundlich mit weißen Gardinen und Kiefermöbeln. Aber es war eben nur ein Raum, in dem Klara sich jetzt aufhielt.

Sie sah ihre Freundin in einem Krankenbett liegen. Sie schlief offensichtlich und hatte ihre Augen geschlossen. Die Bettdecke hob und senkte sich fast unmerklich. Sollte sie einfach wieder verschwinden? Ihr traten Tränen in die Augen. Das Herz war ihr so schwer. Plötzlich röchelte Klara und hob ihren rechten Arm. Eva konnte jetzt nicht mehr ausreißen. Sie trat ans Bett und griff nach Klaras Fingern. Tränen liefen ihr über die Wangen.

»Klara«, sagte sie mit zitternder Stimme und drückte ihre Hand. »Ich bin es, Eva. Was machst du nur für Sachen.« Ihre Stimme versagte und sie schluckte hart. Klara röchelte wieder. Sie schlug jetzt auch die Augen auf und starrte auf die Fremde, die ihre Hand hielt. Ihre Augen rollten hin und her. Sie erwiderte sanft den Händedruck und sagte etwas, fast lautlos. Eva beugte sich herunter. »Klara, ich bin es, Eva«, wiederholte sie.

»Eva?«, kam es röchelnd aus den Kissen.

Eva nickte heftig und wischte sich übers Gesicht.

»Danke für den Opel«, sagte sie, »ich kann den Wagen wirklich gut gebrauchen. Und wenn du wieder zuhause bist, dann stellen wir ihn wieder in deine Garage.«

Die Augen der alten Dame wurden groß. »Zuhause …«, sagte sie, seufzte kurz auf und schloss die Lider wieder. Bald darauf hörte Eva wieder das monotone Röcheln. Sie löste vorsichtig ihre Hand aus der von Klara. Sie würde sie bald wieder besuchen, doch jetzt musste sie hier einfach raus. Einfach an die frische Luft. Atmen.

Draußen schämte Eva sich entsetzlich. Sie benahm sich wie ein verzogenes Kind, das der Wahrheit nicht ins Auge sehen konnte. Doch es brach ihr einfach das Herz, Klara so zu sehen. Und doch wusste sie, dass sie ihre Freundin nicht alleine diesen steinigen Weg gehen lassen würde.

Sie stieg in den Opel und fuhr wieder Richtung Bad Zwischenahn. Sie hoffte, dass sie sich auf der langen Fahrt dorthin wieder gefasst haben würde.

Als sie schließlich vor dem Haus am Meer parkte, straffte sie die Schultern. Ihr Gefühl sagte ihr, dass sie jetzt ein gutes Stück weiterkommen würde. Bevor sie aussteigen konnte, klingelte ihr Handy. Es war Ole Meemken.

»Moin Ole«, sagte Eva, »ich bin ganz in deiner Nähe.«

»Ach was? Moin Eva ...«

»Ja, ich bin in Bad Zwischenahn, ich werde da gleich eine Zeugenbefragung durchführen.«

»Denn man zu. Ich will dich auch gar nicht lange aufhalten. Ich habe nochmal ein paar Untersuchungen an deinem Opfer, dieser Clarissa Hartmann durchgeführt ...«

»Ach ja?«

»Genau. Es ging ja immer noch darum, warum sie so viele Stunden auf dem Wasser getrieben ist, anstatt gleich unterzugehen.«

»Stimmt, ich erinnere mich. Und du hast was rausgekriegt?«

»Ich denke schon. Also, sie hatte ja so leichte Striemen an den Gelenken, so als ob diese abgeschnürt gewesen wären ...«

»Hm ...«

»Und ich glaube, ich weiß jetzt, was da passiert ist.«

»Du machst mich neugierig.«

»Dann ist ja gut. Also, ich denke, jemand hat ihr etwas an Beine und Arme gebunden, so dass sie immer wieder Auftrieb bekam. Eine Art Ballon oder so.«

»Hm ... das könnte sein. Oder besser gesagt, irgendwas muss es ja gewesen sein. Also warum nicht das. Aber warum war es dann nicht mehr da, als man sie fand?«

»Ach, das kann mehrere Gründe haben. Vielleicht hat sich das Band verwickelt und wurde abgerissen. Oder ...«

»Oder jemand hat nachgeholfen, als sie an Land getrieben worden war.«

»Du sagst es. Es könnte auch das gewesen sein.«

»Danke Ole, dass du mich gleich informiert hast.«

»Immer wieder gerne, liebe Eva. Und wenn wir schon mal dabei sind. Dein Adeliger ist an dem Schlag auf den

Kopf gestorben. Vermutlich war es die zerschlagene Weinflasche, die auf dem Boden ausgelaufen ist. Das Schlagmuster an seinem Hinterkopf würde zu der Theorie passen.«

»War er sofort tot?«

»Ich denke ja. Wieso fragst du?«

»Na, dann muss der Schlag doch mit einer gewissen Heftigkeit ausgeführt worden sein. Da war jemand in Rage.«

»Ach so, ja, das würde ich auch sagen. So ohne weiteres zieht man ja niemandem eine Flasche über den Schädel.«

»Und rammt ihm dann auch noch den abgebrochenen Flaschenhals in die Hauptschlagader, schon klar. Und gab es sonst noch Anzeichen für einen Kampf?«

»Fehlanzeige. Keine Blutergüsse oder Ähnliches. Vielleicht hat er sich mit dem Täter unterhalten, wollte sogar noch einen Wein raufholen und der Täter ist ihm dann in den Keller gefolgt und peng …«

»Ja, so könnte es gewesen sein. Danke Ole.«

»Aber gerne und viel Erfolg in Bad Zwischenahn.«

Sie legten auf.

Eva atmete noch einmal durch, bevor sie ausstieg.

In der Hotelhalle wirkte alles sauber und hell. Durchgestylt. Und doch gab es hier dunkle Flecken, sie spürte es.

»Kann ich Ihnen helfen?«

Schon wieder ein anderes Gesicht, dachte Eva irritiert.

»Ich müsste mit Viktor Gabel sprechen«, sagte sie. »Ist er da?«

Die junge Frau nickte. »Ja, er macht glaube ich gerade Pause. Soll ich ihn holen?«

»Das wäre nett.«

Die junge Frau wandte sich ab und ging in einen hinteren Raum. Kurz darauf kam sie mit Viktor Gabel zurück. Sein Gesicht wirkte teilnahmslos.

»Sie wollen zu mir?«, fragte er, als er Eva erkannte.

»Ja. Es geht noch um ein paar Fragen, die ich an Sie hätte. Können wir irgendwo ungestört reden. Es dauert sicher auch nicht lange.«

Er nickte und zeigte in eine Richtung, in die er dann vorauslief. Sie setzten sich an einen Tisch, auf dem ein paar gelbe Narzissen die bevorstehende Jahreszeit ankündigten. Außerdem stand eine Flasche Wasser mit drei Gläsern bereit.

»Möchten Sie?«, fragte Viktor Gabel und schenkte sich selber ein.

Eva nickte und nahm einen ersten Schluck, als er ihr ein volles Glas reichte.

»Was kann ich denn noch für Sie tun?«, fragte er und seine Stimme verriet keinerlei Anspannung.

»Sie können sich sicher denken, warum ich hier bin«, begann Eva. »Es geht um Clarissa Hartmann. Ich habe bereits gestern versucht, Sie zu erreichen, aber da waren Sie nicht im Haus.«

Er nickte und sagte nichts.

»Sie wissen ja sicher, dass Clarissa ein Verhältnis mit einem gewissen Alexander von Bruch hatte«, sagte sie und ließ ihn dabei nicht aus den Augen. Wieder verrieten seine Züge nichts. »Und sie war schwanger ...« Wieder keine Reaktion. Dieser Mann hatte sich verdammt gut in der Gewalt, dachte sie, als sie fortfuhr.

»Wir haben ein weiteres Opfer«, sagte sie und das erste Mal blitzten seine Augen auf. »Alexander von Bruch wurde tot in seiner Villa in Dornum aufgefunden. Er wurde ermordet.«

Viktor Gabel knetete die Hände ineinander. Bedeutete das etwa eine erste Unsicherheit?

»Und warum kommen Sie damit zu mir?«, fragte er und sein linkes Augenlid zuckte.

»Können Sie sich das nicht denken?«, fragte Eva.

»Nein, das kann ich nicht. Clarissa war meine Kollegin. Aber was habe ich mit diesem von Bruch zu tun? Warum erzählen Sie mir das?«

»Weil ich davon ausgehe, dass auch Sie Alexander von Bruch gekannt haben«, sagte Eva. »Und Sie wussten, dass Clarissa diesen Mann geliebt hat.«

Er bestätigte nichts, sondern sah sie nur weiter lauernd an.

»Es hätte nicht mehr lange gedauert, und Clarissa wäre auch Mutter geworden«, sagte Eva. »Doch das kleine Leben wurde mit dem Mord an ihr ausgelöscht. Lässt Sie das wirklich kalt?«

Irritiert sah er Eva ins Gesicht. Seine dunklen Augen fixierten sie wie der Blick eines Wolfes, der seine Beute ins Visier nimmt.

»Sie haben recht«, sagte er schließlich, »es geht mir nahe, dass Clarissa tot ist.« Dann schwieg er wieder.

Sollte Eva jetzt schon mit ihrer Theorie herausplatzen?

»Wir nahmen zunächst an, dass Alexander von Bruch der Vater von Clarissas Kind ist. Schließlich wäre das ja auch naheliegend, da die beiden ein Paar waren.«

Sie legte zur Untermauerung ihrer Behauptung das Foto von Clarissa auf den Tisch, das auch für die Zeitung benutzt worden war, und eines von Alexander von Bruch.

»Sehen Sie sich diese beiden Fotos genau an«, sagte Eva. »Aus diesen beiden hätte ein wunderbar glückliches Ehepaar mit einem glücklichen kleinen Kind werden können. Auch wenn das Kind gar nicht von Alexander von Bruch gewesen ist, wie Untersuchungen jetzt ergeben haben. Sie sind nämlich der Vater, habe ich recht?«

Jetzt hatte sie ihn eindeutig in der Mangel. Er konnte jetzt doch gar nicht mehr leugnen, dass er Clarissa aus purer Eifersucht ermordet hatte. Denn er war der Vater des Kindes, das sie unter dem Herzen trug. Und Alexander von Bruch musste auch aus dem Weg geräumt werden. Dieser Nebenbuhler, der ihm seine große Liebe ausgespannt hatte. Es war doch alles eindeutig.

»Und? Überkommt sie jetzt nicht ein schlechtes Gewissen, Herr Gabel, wenn sie diese beiden Menschen auf den Fotos sehen?«

Viktor Gabel starrte auf den Tisch. Er sah auf Clarissa und dann zu Alexander von Bruch.

Eva beobachtete ihn dabei und plötzlich fiel es ihr wie Schuppen von den Augen. Wie hatte sie nur so blind gewesen sein können.

Dornum

Das Einsatzteam der Polizeidienststelle in Norden durchkämmte an diesem Morgen die Villa von Alexander von Bruch. Auch wenn die Kollegin von Langeoog gemeint hatte, dass der Fall im Grunde schon gelöst sei, so wollten sie ihren Job natürlich nach bestem Wissen und Gewissen erledigen.

Einige Sachen wie zum Beispiel ein Ordner mit der Buchführung war von Kollegen mitgenommen worden, die sich direkt in Norden am PC mit deren Inhalt beschäftigten. Und so war zutage getreten, dass die Konten von Alexander von Bruch schon vor ein paar Wochen abgeräumt worden waren.

Und dann war da noch dieser ominöse Zeitungsartikel, der von seinem Unfalltod berichtete, obwohl er da eigentlich noch gelebt hatte. Einträge in seinen persönlichen Kalender schließlich deuteten darauf hin, dass Alexander von Bruch selber von dieser Nachricht überrascht worden sein musste, als er von einer Reise nach Mallorca zurückgekehrt war. Er lebte noch und doch stand da, er sei tot.

So ließen am Ende alle Vorkommnisse keinen anderen Schluss zu, dass irgendjemand diesem Mann einen recht makabren Streich gespielt hatte. Jemanden mit seinem eigenen Ableben zu konfrontieren, das hatte schon Ausmaße, die über übliche Scherze hinausgingen. Denn der Artikel musste fingiert gewesen sein. Untersuchungen der hiesigen Zeitungen würden sicher einiges zutage fördern. Wer aber hatte diesen üblen Fehldruck hergestellt und warum? Und warum hatte man ihn dann erst viel später wirklich getötet? Ergab das überhaupt einen Sinn?

Irgendwann in den Nachmittagsstunden stieß ein Kollege in Dornum dann auf ein Untersuchungsergebnis, dass ihn angesichts der bisherigen Daten, die er kannte, doch ein wenig überraschte. Alexander von Bruch war zeugungsunfähig. Das Dokument schien aufgrund seines Zustandes schon einige Jahre alt. Und zeitlich passte es auch in die Trennung von seiner Ehefrau hinein. Vielleicht war das damals der Trennungsgrund gewesen. Aber wie konnte dann Alexander von Bruch der Vater eines Kindes sein, dass ein weiteres Opfer, nämlich Clarissa Hartmann, erwartet hatte? Der Beamte wunderte sich über seine Entdeckung. Er konnte ja nicht wissen, dass Eva schon wieder einen Schritt weiter war.

Bad Zwischenahn

Viktor Gabel starrte immer noch auf die Fotos und blieb schließlich an dem Bild von Clarissa Hartmann hängen.

»Sie war Ihre Schwester, habe ich recht?« Eva hatte erst in den letzten Minuten die frappierende Ähnlichkeit von Viktor Gabel und Clarissa Hartmann realisiert. Es hätte ihr doch eher auffallen müssen. Zwei so schöne Menschen. Dunkler Teint, glutvolle Augen. Auch Clarissa war nicht von hier. Jetzt wurde ihr alles klar.

Viktor Gabel nickte. »Ja, Clarissa war meine Schwester«, sagte er und das erste Mal schwangen Emotionen in seiner Stimme mit.

Dann konnte er natürlich unmöglich der Vater des Kindes sein, schoss es ihr durch den Kopf. Jedenfalls betete sie darum, dass er es nicht war.

»Warum haben Sie das nicht eher gesagt?«, fragte sie mit Zorn in der Stimme. »Das hätte mir eine ganze Menge Ermittlungsarbeit erspart verdammt nochmal.«

Das Gesicht von Viktor Gabel versteinerte wieder. Aus ihm wäre sicher nichts mehr herauszubekommen.

»Na gut, wenn Sie nicht reden wollen, dann muss ich Sie eben wegen eines dringenden Tatverdachts festnehmen, wenn Ihnen das lieber ist.«

Sie erhob sich bereits vom Stuhl, um vorauszugehen, als plötzlich Evgenia mit tränenverschmiertem Gesicht an den Tisch der beiden trat.

»Viktor, nein«, rief die junge Frau. »Du musst jetzt alles sagen. Es ist doch sowieso alles zu spät, Clarissa ist tot.« Sie schüttelte sich vor Schmerz und Tränen liefen in Bächen über ihr Gesicht.

»Herr Gabel, ich finde, Ihre Kollegin hat recht. Sagen Sie endlich, was geschehen ist.«

Viktor Gabel räusperte sich und schlang die Finger ineinander.

»Ist es jetzt nicht völlig gleichgültig, was passiert ist?« Seine Augen wirkten glasig.

»Nein, das ist es nicht«, sagte Eva entschieden. »Aber vielleicht ist es Ihnen ja auch lieber, wenn ich Evgenia mit auf die Dienststelle nehme.«

»Oh nein!«, rief Evgenia aus. »Ich habe nichts getan Viktor. Das musst du jetzt sagen. Clarissa war meine beste Freundin.«

Und endlich machte Viktor Gabel Anstalten, etwas zu sagen.

»Es ist alles sehr kompliziert. Und ich glaube auch nicht, dass es so einfach nachzuvollziehen ist für Sie.«

»Das lassen Sie nur meine Sorge sein.« Eva platzte fast der Kragen. Wäre Jürgen jetzt hier gewesen, er hätte diesen Schnösel am Kragen gepackt und alles aus ihm rausgeschüttelt.

Viktor Gabel sah sich noch einmal um, um sich zu vergewissern, dass ihnen niemand zuhörte.

»Evgenia hat nichts damit zu tun«, sagte er und griff nach der zitternden Hand seiner Kollegin. »Können wir uns vielleicht darauf verständigen, dass sie jetzt gehen kann und ich die Aussage alleine mache?«

Eva nickte. »Damit bin ich durchaus einverstanden.«

Evgenia sah irritiert von einem zum anderen, als überlegte sie, ob man sie wohl für noch nicht erwachsen genug halten könnte. Doch dann siegte ihr Wunsch, sich nicht mit noch böseren Details belasten zu wollen und sie stand auf und lief nach draußen.

»Danke«, sagte Viktor Gabel. »Sie hat es verdient, Clarissa und damit uns in einer besseren Erinnerung zu behalten.«

»Na ja ... aber wen meinen Sie mit uns? Etwa auch Alexander von Bruch? Hatte er etwa auch mit der Sache zu tun?«

»Ich sagte ja schon, es ist kompliziert ...«

Eva schwante Böses.

Dann begann Viktor Gabel, zu erzählen.

Alles hatte eigentlich damit angefangen, dass Viktor Gabel als Achtzehnjähriger enttäuscht worden war. Er war jung und das Leben hätte für ihn beginnen können. Doch durch die politischen Unruhen und den Zerfall Jugoslawiens waren auch seine Träume schnell dahingeschmolzen. Er war nicht dumm und ahnte, dass seine Zukunft nicht auf dem Acker seiner Eltern liegen würde. Sein Vater war bei den kriegerischen Auseinandersetzungen ums Leben gekommen und seine Mutter folgte bald, indem sie an einer Lungenentzündung starb.

So landete der junge Viktor in einem Heim weitab der Straßen und fiel in eine tiefe Niedergeschlagenheit. Seine jüngere Schwester Clarissa verlor er dadurch aus den Augen, weil man sie, da jung und schön, gerne in der Stadt sah. Da die Geschwister sehr aneinandergehangen hatten, brach Viktor das Herz. Aber was sollte er tun?

Bis zu seiner Volljährigkeit dauerte es noch zwei Jahre und man warf ihn dann kurzerhand auf die Straße.

Nur durch einen glücklichen Zufall schaffte er den Anschluss und folgte einem Mann, der ihn schließlich in einen Bus setzte, der sich in Richtung Westen auf den Weg machte.

Viktor landete in einem Auffanglager im Emsland. Trotz allem was hinter ihm lag, war er noch nicht ganz gebrochen. Er wollte etwas lernen. Einen Beruf vielleicht. Oder weiterhin die Schule besuchen und studieren. Er fand in einem Geistlichen, der sich sehr für Osteuropäer einsetzte, einen Ausbildungsbetrieb, der ihn zum Schlosser machen wollte. Doch Viktor lag das Handwerk nicht. Mit seinen feinen Händen hätte er als Klavierspieler getaugt. Doch musikalisch war er nicht. Doch er war schön. Also verdiente er sein Geld damit, sein Gesicht in Köln für Modefotos in eine Kamera zu halten. Doch leben konnte er davon nicht.

Er schloss Freundschaft mit einem jungen Mann, der in einem Hotelbetrieb arbeitete. Dort suchte man einen Auszubildenden und so kam Viktor in die Gastronomie, die ihn schließlich bis nach Bad Zwischenahn geführt hatte.

Als hätte sein Leben eine positive Wende genommen, traf er dort in einem Café auf Clarissa. Sie bediente ihn und starb auf der Stelle, als er sie mit ihrem Namen ansprach. Die beiden Geschwister konnten ihr Glück einfach nicht fassen. Immer wieder nahmen sie sich in die Arme und Clarissa konnte gar nicht aufhören zu weinen. Sie erzählte ihm, dass man sie in Serbien in zwielichtige Lokale geschickt habe. Den Rest ersparte sie ihm. Ähnlich wie er

146

sei sie dann dank eines männlichen Gönners nach Deutschland gekommen. In Hannover habe sie einen Mann geheiratet, der sie zunächst auf Händen trug und dann immer übler schlug. Sie hatte es vier Jahre ausgehalten. Dann war sie weiter in den Norden gezogen und untergetaucht, bis sie hier in Bad Zwischenahn gelandet sei, wo sie ein Mann mit in die Spielhalle genommen hatte. Auch diese Beziehung war nicht von Dauer gewesen.

Viktor sorgte in dem darauffolgenden halben Jahr dafür, dass auch Clarissa in dem Hotel am Meer arbeiten konnte.

Dort hatte sie sich mit Evgenia angefreundet. Und schließlich habe sie dann Eugen, Evgenias Bruder kennen gelernt.

»Moment«, fuhr Eva dazwischen. »Evgenia hat einen Bruder? Davon haben Sie bisher aber nichts erwähnt.«

»Sie haben nicht gefragt«, erwiderte Viktor Gabel emotionslos. Und er hatte verdammt recht damit.

»Und was hat es mit dem Bruder auf sich?«

»Lassen Sie mich weiter erzählen ...«

Eugen verliebte sich in Clarissa und ließ sie nicht mehr aus den Augen. Und auch die junge Frau fand den Bruder ihrer neuen Freundin nett. Es störte sie zunächst auch nicht, dass er etwas jünger war als sie.

Doch irgendwann entdeckte Clarissa, dass sie von einem Mann mehr wollte. Er sollte zuhören können, Verständnis haben und vor allem sollte er gebildet sein und etwas hermachen. Und all das konnte Eugen ihr nicht bieten. Sie ließ es ihn spüren, wenn er wieder wie ein läufiger Hund vergebens an ihre Zimmertür klopfte und sie mit Ausreden wie Kopfschmerzen oder Übelkeit am nächsten Morgen zu erklären versuchte, dass sie ihn einfach nicht mehr ertrug.

Und dann hatte Alexander von Bruch in dem Hotel übernachtet.

Clarissa, die später den Namen im Gästebuch gelesen hatte und immer größere Augen machte, konnte sich gar nicht mehr sattsehen, weil sie den vornehm blass wirkenden Herren abends im Restaurant bedient hatte und speisen sah. Ja, er speise, hatte sie lachend zu Viktor gesagt, erinnerte er sich. Eugen würde nur essen, wenn man es charmant ausdrückte.

Als Viktor das erzählte, sammelten sich Tränen in seinen Augen. Er hatte seine Schwester wirklich geliebt. Hatte er sie auch umbringen können?, fragte sich Eva.

Irgendwie hatte Clarissa es geschafft, die Aufmerksamkeit von Alexander von Bruch auf sich zu ziehen. Was zugegebenermaßen für eine schöne junge Frau wie sie ein Leichtes war. Der stattliche Herr fragte schließlich nach ihrem Namen und lud sie bereits zwei Wochen später in seine alte Villa in Dornum ein. Alles hätte wie ein Traum für seine Schwester enden können. Hätte. Aber da war noch Eugen, von Eifersucht getrieben.

Und Clarissa spürte, dass ihr nicht nur wegen der Penetranz von Eugen immer übel war. Als sie sich sicher war, ging sie zum Arzt. Sie war schwanger. Als sie die Ärztin fragte, in welchem Monat, da wäre sie bei der Antwort fast ohnmächtig vom Behandlungsstuhl gesackt. Eugen war der Vater ihres ungeborenen Kindes. Sie haderte lange mit sich, bis sie sich Viktor anvertraute und ihn um Rat darum fragte, ob sie dieses Geheimnis für sich behalten sollte. Alexander würde doch das Kind bestimmt lieben und ihm ein guter Vater sein. Und die Chancen für die Zukunft des Ungeborenen lagen bei einem wohlsituierten Adeligen doch auch in besseren Händen.

Eva hing an Viktors Lippen. Sie hatte noch nie einen so schönen Mann so schön erzählen hören. Vielleicht war es ganz gut, dass Jürgen nicht mitgefahren war.

Und auch wenn Viktor zugestimmt hatte, dieses Geheimnis für sich zu bewahren, so merkte Eugen doch, dass etwas mit Clarissa vor sich ging. Irgendwie schaffte er es dann über Evgenia, die schon immer labil war, wenn es um ihren Bruder ging, in Erfahrung zu bringen, dass Clarissa ein Kind erwartete. Und er stellte seine Freundin zur Rede. Ob das Kind von ihm sei, wollte er wissen. Es eskalierte in einem hässlichen Streit, zu dem Viktor hinzukam. Er versuchte, Eugen zu beruhigen. Er solle endlich aufgeben und Clarissa in Ruhe lassen. Doch Eugen dachte gar nicht daran. Und irgendwann war es still geworden. Clarissa war mit dem Kopf gegen die Tischkante gestoßen. Doch sie war nicht tot. Aber dieser Zwischenfall brachte die Streithähne dazu, sich wieder zu vertragen und nach einer anderen Lösung zu suchen.

Clarissa, die Eugen mittlerweile verachtete, ihren Bruder aber liebte, hatte, als sei es das Normalste auf der Welt, plötzlich dem Plan zugestimmt, Alexander von Bruch so schnell wie möglich zu heiraten und ihn dann um sein gesamtes Vermögen zu bringen. Immer öfter griff zu Beruhigungsmitteln, um das Ganze zu ertragen. Vielleicht war sie auch nur dabei, um die beiden jungen Streithähne endlich zur Ruhe zu bringen. Auf jeden Fall kehrte Frieden ein. Eugen ließ Clarissa in Ruhe und sie besuchte Alexander von Bruch so oft es ging in Dornum und ließ sich aufs Fürstlichste verwöhnen.

Der Übergang war schleichend. Sie war irgendwann nicht mehr in Alexander von Bruch verliebt. Sie liebte ihn abgöttisch. Und das wiederum trieb sie zu dem falschen Spiel mit Eugen und auch ihrem Bruder.

Nach einer internen dienstlichen Feier, wo alle in ausgelassener Stimmung waren, verplapperte sie sich und gestand Viktor, dass sie Alexander nie und nimmer Schaden zufügen würde. Außerdem habe sie ihm gesagt, dass es nicht sein Kind sei. Er habe sich gar nicht gewundert, denn er war gar nicht zeugungsfähig, beichtete er ihr. Doch es war ihm egal, welchen Vater das Kind hatte, dass seine Geliebte unter dem Herzen trug. Clarissa hatte ihm von dem Plan berichtet, den Viktor und Eugen geschmiedet hatten. Sie flehte ihn an, ihr zu helfen.

Alexander von Bruch verfügte über viele Mittel und gute Freunde. Und so plante er sein eigenes Verschwinden. Nur Clarissa und Viktor waren eingeweiht. Eugen glaubte weiterhin, noch etwas vom Kuchen abzubekommen, wenn Clarissa endlich verheiratet war.

Alexander von Bruch plante alles bis ins kleinste Detail. Er würde seinen eigenen Tod vortäuschen und sich ins Ausland absetzen. Clarissa sollte ihm zeitnah folgen. Er setzte eine fingierte Anzeige auf, nur einen kleinen unwichtigen Bericht in die Zeitung, mit dessen Verleger er befreundet war. Viktor war über alles im Bilde, falls etwas schiefging.

Und aus irgendeinem Grund ging alles gründlich schief.

An dem Tag, als Clarissa ihre Sachen packte, um zu Alexander zu fahren, war sie so nervös, dass sich an ihrem Hals große rote Flecken bildeten. Als Eugen sie danach fragte, ob es ihr nicht gut ginge, witterte er, dass mehr als die Schwangerschaft dahinterstecken musste.

Als Clarissa in ein Taxi stieg, informierte er Viktor, der den Ahnungslosen spielte, und folgte ihr in seinem Wagen.

Als die Frau, die er liebte, ins Haus gegangen war, schlich sich Eugen auch hinein und hörte, wie die beiden miteinander lachten. Immer wieder hielt Alexander von Bruch ihr die Anzeige unter die Nase und las sie laut vor. Sie hätten es geschafft, sagte er immer wieder und küsste sie pausenlos auf jedes Körperteil, das sich ihm bot.

Eugen, erst starr vor Schreck über den Verrat Clarissas, zögerte dann nicht mehr lange. Seine Herkunft, wo Gewalt vor Worten stand, brach sich Bahn. Er schlug Alexander von Bruch nieder und schüttelte Clarissa, bis er ihr den Atem nahm und sie das Bewusstsein verlor.

Alles andere war nur noch eine Frage von Kalkül. Es war nicht mehr zu erwarten, dass er durch Clarissa zu viel Geld kommen würde. Also musste er die Sache in die eigenen Hände nehmen.

Er schleppte den Adeligen in dessen Weinkeller und schlug ihm, ohne dass er wieder das Bewusstsein erlangt hätte, mit einer schweren Weinflasche den Schädel ein. Doch damit nicht genug. Er war so in Rage, dass er ihm auch noch den Flaschenhals in die Schlagader rammte.

Dann lief er wieder rasch nach oben zu Clarissa. Er hob sie hoch und sie kam zu Bewusstsein. Erschrocken sah sie in Eugens Augen, in denen sich der Hass spiegelte. Er redete auf sie ein und flehte sie an, sich wieder auf seine Seite zu schlagen. Doch Clarissa hörte gar nicht mehr zu, sondern rief nur immer wieder Alexanders Namen. Da brannten bei Eugen erneut die Sicherungen durch und er hielt ihren Kopf so lange unter Wasser, bis sie auch den letzten Atem ausgehaucht hatte.

Als er nach seiner Tat wieder zu sich kam, rief er Viktor an und schilderte ihm alles.

»Können Sie sich vorstellen, was das für ein Gefühl war?«, fragte Viktor und Tränen liefen über sein Gesicht. »Mein Freund ... er tötet meine Schwester und ruft mich an.«

Eva schüttelte den Kopf.

»Was haben Sie dann getan?«

»Ich musste einsehen, dass alles verloren war. Also fuhr ich auch nach Dornum, um zu retten, was zu retten war.«

»Da war noch was zu retten?«, entfuhr es Eva.

»Meine Schwester nicht mehr ... aber ... ihr Tod musste doch irgendeinen Sinn gehabt haben.«

So konnte man es natürlich auch sehen, dachte Eva fassungslos. Ihr war klar, dass jetzt wieder alles ums Geld gehen würde.

»Wie ging es dann weiter?«

»Wir haben gewartet, bis es dunkel war. Dann haben sind wir mit Clarissa an die Nordsee gefahren und haben sie ins Meer geschickt.«

»Sie haben Ihre Schwester ins Meer geworfen? Ich glaube es einfach nicht.«

»Was hätten wir denn tun sollen? Sie war doch tot. Und Eugen hatte die Idee, ihr Schwimmflügel an Beine und Arme zu binden, damit sie nicht unterging. Wir mussten ja sichergehen, dass sie gefunden wurde.«

»Warum das?«

»Eugen meinte, dass es besser sei. Wenn man irgendwann Alexander von Bruch in seiner Villa finden würde und aus irgendeinem Grund eine Verbindung zu uns fand, dann hätte es immer noch wie ein Raubüberfall aussehen können.«

Eva schüttelte den Kopf.

»Und lassen Sie mich raten, dieser Eugen, der ist dann auch zu mir auf die Insel gekommen und hat sich als Alexander von Bruch ausgegeben, oder?«

Viktor nickte. »Wir hielten es für sicherer, dass man Alexander von Bruch noch nicht vermisste. Wir wollten ja erst seine Konten abräumen, bevor man ihn im Keller entdeckte. Außerdem musste ja irgendjemand Clarissa an Land ziehen und die Schwimmflügel abnehmen, bevor man sie fand.«

Also wirklich. Da konnte dieser junge Mann noch so schön sein. Eva hatte jetzt die Nase voll. So etwas Abscheuliches hatte sie ja schon lange nicht mehr mit anhören müssen.

»Sie brauchten einen Zeugen, der ihn gesehen hat, ich verstehe«, sagte sie und verzog das Gesicht. Dass es aber auch immer ausgerechnet sie treffen musste. »Und vermutlich haben Sie noch weitere Fährten gelegt, als bei mir auf Langeoog?«

Viktor nickte. »Eigentlich war diesem Alexander von Bruch doch sein eigener Plan zum Verhängnis geworden«, sagte er mit gewissem Triumph in der Stimme.

»Es gibt da aber schon einen entscheidenden Unterschied«, polterte Eva. »Alexander von Bruch hätte niemanden kaltblütig ermordet. Ich werde jetzt die Kollegen rufen, damit man Sie festnimmt. Und Sie sagen, Evgenia hat von alldem nichts gewusst?«

Viktor Gabel schüttelte den Kopf. »Nein, nichts von dem, was Eugen und ich in Dornum gemacht haben. Sie dachte immer nur, dass meine Schwester das große Los gezogen hatte mit ihrem Blaublüter.«

»Na ja, wir werden sie aber auch mitnehmen müssen, um eine Aussage zu bekommen.«

»Das verstehe ich ...«

»Und Sie müssten mir jetzt noch sagen, wo ich Eugen finde.«

Viktor Gabel zuckte mit den Schultern. »Das weiß ich nicht, ehrlich gesagt. Er hat sich vielleicht wieder nach Serbien abgesetzt, als die ganze Sache hier aus dem Ruder lief.«

»Das ist nicht ihr Ernst! Wie lange ist er schon weg?«

»Ein paar Tage ...«

»Dann sind Sie doppelt dran, mein Lieber. Sie haben dem Mörder Ihrer Schwester und ihres Geliebten zur Flucht verholfen, ist Ihnen das eigentlich klar? Und eigentlich hätten Sie doch auch gleich mit abhauen können. Warum haben Sie das nicht getan? Jetzt wandern Sie alleine in den Knast. Und Sie hätten doch auch alles vertuschen können, wenn sie mich gar nicht erst angerufen hätten, als der Aufruf in der Zeitung stand.«

»Ich konnte nicht«, sagte Viktor Gabel mit tonloser Stimme. »Schließlich musste ich meine Schwester ja noch beerdigen.«

Als Viktor Gabel und Evgenia abgeführt worden waren, geriet das Hotel in helle Aufregung. Ein großes Polizeiaufgebot gehörte nicht zu dem, was man sich hier wünschte.

Eva erklärte dem Hotelbesitzer die Zusammenhänge in groben Zügen und verabschiedete sich. Auf der Fahrt nach Bensersiel rief sie bei Ole Meemken in Oldenburg an.

»Wir haben den Mörder ... oder auch nicht«, sagte sie und schilderte von den Vorkommnissen in Dornum.

»Menschenskinners«, stieß Meemken aus. »Dass die Leute den Hals auch nie vollkriegen können.«

»Da sagst du was ...«

Sie legten auf.

Danach wählte Eva Jürgens Nummer. Er nahm nach dem zweiten Klingeln ab.

»Ich komme nach Hause«, sagte Eva, »wir haben den Täter.«

»Echt jetzt? Wer ist es?«

»Eugen. Der Bruder von Evgenia. Und irgendwie hängt auch Viktor da bis zum Hals mit drin.«

»Unglaublich. Wie hast du das nur wieder gemacht?«

»Tja, und dann auch noch ohne dich«, lachte Eva halbherzig. »Du, ich lege jetzt auf. Den Rest erzähle ich dir später bei unserem Italiener.«

Zurück auf die Insel

Als Eva in Bensersiel ankam, brachte sie es nicht übers Herz, den alten Opel dort abzustellen. Also fuhr sie weiter nach Esens und brachte ihn in die Garage von Klara. Hier gehörte er hin. Dann nahm sie sich ein Taxi und ließ sich zum Fähranleger bringen. Sie schaffte es gerade noch, die letzte Überfahrt zu erreichen.

Am Anleger auf Langeoog wurde sie bereits von Jürgen erwartet. Aufgeregt kam er ihr entgegengelaufen.

»Mein Gott Eva, was machst du denn für Sachen. Du hättest ruhig einen Ton sagen können, ich wäre doch mitgefahren.«

»Ach, du hattest doch deine Touristinfo schon lange genug wegen mir vernachlässigt. Und außerdem ging es dir nicht gut ...«

»Na ja, was soll's, jetzt ist ja alles aufgeklärt. Komm, ich habe uns schon einen Tisch bestellt.«

Sie hakte sich bei ihm ein und sie liefen zu ihrem Lieblingsrestaurant. Während er dieses Gefühl genoss und sie immer wieder fest an sich drückte, plagten Eva ganz andere Sorgen. Wer schrieb ihr diese unheimlichen Nachrichten? Es war nicht anzunehmen, dass Viktor oder gar Eugen selbst dahinter steckte. Wer also belauerte sie heimlich aus einem sicheren Versteck?

Es fröstelte sie und sie drückte sich ganz fest an Jürgen, was dieser vermutlich wieder in eine ganz andere Richtung interpretierte.

Im Restaurant herrschte gute Stimmung. Es war gut, das Jürgen reserviert hatte, denn die ersten Urlauber nutzten die Zeit, bevor es zu Ostern wieder richtig voll werden würde. Und der März war bereits jetzt sehr schön. Die Sonne schien und wärmte schon einige Stunden. Und Eva hatte jetzt etwas Wärme nötig.

»Du isst ja kaum etwas«, stellte Jürgen fest, der seine Pizza mit doppelt Käse praktisch schon wieder aufhatte. »Die Sache ist dir verdammt auf den Magen geschlagen, richtig?«

Eva nickte. Sie sollte doch froh sein, dass der Fall geklärt war. Sie sollte feiern, hier mit Jürgen. Doch statt dessen schnürte sich ihre Kehle immer weiter zu und in ihrem Bauch grollte es.

»Da ist doch noch was«, bohrte Jürgen weiter. »Nun sag schon, sonst kann ich dir ja nicht helfen.« Er setzte seinen Chianti an und nahm einen großen Schluck. Die Magen-Darm-Sache war offensichtlich auskuriert.

Eva ging die gute Laune von Jürgen plötzlich gewaltig auf die Nerven. Merkte er denn gar nichts mehr? Schlug sich hier die Wampe voll, während sie sich zu Tode ängstigte? Wie ignorant konnten Männer eigentlich noch sein? Hatte er denn völlig vergessen, dass man sie bedrohte? Ihr Nachrichten schrieb, die sie tagelang nicht schlafen ließen. Männer waren doch alle gleich. Ihr Gesicht verfinsterte sich und sie knallte die Gabel auf den Tisch.

»Das ist doch wirklich das Allerletzte«, schrie sie plötzlich und sprang vom Tisch auf.

Erschrocken wich Jürgen zurück und sah sich entschuldigend in die Runde um. Jeder Fremde hier musste das für einen handfesten Ehekrach halten. Sowas kam vor. Sie wandten sich auch bald wieder ab.

»Eva, nun beruhige dich doch. Setz dich bitte wieder. Man kann doch über alles reden«, flehte Jürgen. Da ging es ihm gerade wieder besser und schon schoss Eva wie im Rausch mit giftigen Pfeilen um sich. Das hatte er wirklich nicht verdient.

»Reden?«, flüsterte Eva in scharfem Ton und beugte sich gefährlich nah an ihm herunter. »Reden kann man mit Männern doch überhaupt nicht.« Und damit richtete sie sich wieder auf und ging mit festen Schritten auf die Ausgangstür zu.

Jürgen nickte dem Kellner, der sie bestens kannte, zu, und rannte hinter Eva her.

Sie hatte einen verdammt schnellen Gang eingeschlagen und war schon fast in den Dünen verschwunden, als er sie einholte.

Plötzlich blieb sie stehen und drehte sich um.

»Jürgen«, schluchzte sie, »es tut mir leid.«

Na also, dachte er.

»Ach, macht doch nichts. Wir haben alle mal einen schlechten Tag.« Jetzt stand er neben ihr und sah ihr ins Gesicht. Eva war kreidebleich.

»Ich habe Angst«, stieß sie hervor.

»Angst? Aber Eva, du doch nicht ...«

»Denk doch mal bitte an die anonymen Nachrichten ... da hat es doch jemand auf mich abgesehen.«

Ach du Schande, das hatte er ja ganz vergessen. War das vielleicht wirklich typisch Mann, wie Eva immer sagte? Gefühlskalt und egoistisch? Nein, so wollte er nicht sein.

»Eva, ganz ehrlich, ich habe das nicht vergessen ... aber ich habe eben auch nicht permanent daran gedacht, das gebe ich zu.« Wie ein begossener Pudel stand er vor ihr. Sie konnte ihm so unmöglich noch länger böse sein.

»Du Idiot.« Sie knuffte ihn in den Arm.

»Ja, du hast recht, ich bin ein Idiot.«

»Und was machen wir jetzt?«

»Na, du kannst auf keinen Fall alleine in deine Wohnung in deinem Zustand.«

»Zustand?«

»Na, du weißt schon. Also, da hätte ja selbst ich Angst und das will schon was heißen.«

»Du kannst dir das ja nicht mal merken«, flachste Eva schon wieder.

»Ja ja, immer in die offene Wunde ...« Jürgen zog sie an sich und nahm sie in den Arm.

Gemeinsam liefen sie zu ihrer Wohnung, die auf Eva irgendwie fremd wirkte.

»Es ist komisch«, sagte sie. »Ich weiß ganz genau, dass jemand hier gewesen ist.«

»Meinst du?« Jürgen stand im Türrahmen und sah ihr über die Schulter.

»Doch ... ganz sicher. Ich spüre das.«

»Fehlt denn etwas?«

»Woher soll ich das wissen?«, flüsterte sie. »Aber vielleicht ist der Einbrecher ja noch hier.«

Jürgen drängte sich an ihr vorbei und lief auf leisen Sohlen voraus in die Küche. Dort machte er Licht. Eva war ihm gefolgt und stieß einen spitzen Schrei aus. »Was ist das?«

Auf dem Tisch stand eine Vase mit einem üppigen Frühlingsstrauß.

»Von mir sind die nicht«, sagte Jürgen tonlos. »Ob dein Vermieter vielleicht ...?«

»Nie und nimmer. Ich rede kaum mit dem. Der würde mir keine Blumen schenken. Das war er, dieser Unbekannte.« Sie langte mit spitzen Fingern nach den Blumen und ging damit vor die Tür, wo sie sie in einem Mülleimer stopfte.

»Jetzt reicht es endgültig«, sagte sie wütend, als sie in die Küche zurückkam. »Ich schnappe mir das Schwein, sowas macht keiner mehr mit mir.«

»Guck mal, da ist noch ein Umschlag«, sagte Jürgen plötzlich. »Den habe ich vorher gar nicht gesehen.«

Eva ging zum Tisch und nahm das Couvert in die Hand, öffnete es vorsichtig und zog einen weißen Zettel heraus. »Es ist bald Frühling, steht da«, sagte sie und legte ihn wieder auf den Tisch. »Jürgen, ich schaff das nicht mehr alleine. Du musst mir helfen ... vielleicht sollte ich mir eine andere Wohnung suchen.«

»Das wird auf der Insel nicht viel bringen«, sagte Jürgen pragmatisch. »Aber ich könnte bei dir einziehen ... also, ich meine zu deinem Schutz, nicht, dass du mich falsch verstehst.«

Eva nickte. »Das ist bestimmt eine gute Idee. Und keine Sorge, ich verstehe da nichts falsch.«

Eugen

Vielleicht hatte er schon als kleiner Junge die Anlage zur Gewalttätigkeit gespürt. Es machte ihm immer Spaß, Fliegen die Flügel auszureißen und mit Steinen nach streunenden Hunden zu werfen.

Das wurde auch nicht anders, als seine jüngere Schwester Evgenia geboren wurde. Möglicherweise sogar im Gegenteil. Denn seine Eltern beachteten ihn von da an noch weniger als bisher.

Eugen wuchs auf einer kleinen Kate irgendwo im Niemandsland in Jugoslawien auf. Es gab kaum zu essen, auch wenn sein Vater den ganzen Tag auf dem Feld zubrachte, um die Familie durchzubringen. Der Junge mit dem dunklen Teint und den geheimnisvollen Augen erweckte aber schon früh die Aufmerksamkeit zwielichtiger Männer, die nichts Gutes im Schilde führten. Und als Eugen in die Pubertät kam, riss er das erste Mal von zuhause aus.

Tagelang schlief er unter Brücken, fühlte sich einsam und verlassen. Doch da war noch ein anderes Gefühl, das immer deutlicher wurde. Er fühlte sich frei. Zweimal brachte man ihn wieder nach Hause und nach dem dritten Mal gaben seine Eltern die Hoffnung auf, dass aus ihrem Sohn noch etwas Rechtschaffenes werden könnte.

Evgenia, das Nesthäkchen der Familie, wuchs zu einer durchschnittlichen Schönheit heran, die keinem Mann das Herz brechen würde. In einem herrschaftlichen Haus, weit entfernt von ihren Eltern, lernte sie, es anderen recht zu machen.

Eugen hingegen entwickelte ein dickes Fell. Und er war klug, was ihn zunächst selber am meisten überraschte. In der Stadt, wo er als Gehilfe in einer Schlosserei aushalf, verdiente er sich sein erstes eigenes Geld. In seinem kleinen Zimmer im Souterrain eines Kaufmannshauses verbrachte er die freien Tage auf einer Liege und versuchte, die Schönheit von Worten zu ergründen.

Er hatte in Cafés gesehen, wie Männer behandschuht den Damen die Tür aufhielten. Es wurde Eugens größter Wunsch, genauso zu sein wie sie. Seine Kollegen in der Schlosserei merkten schnell, dass Eugen sich für etwas Besseres hielt, und zogen ihn damit auf. Er wurde zum Außenseiter, doch das machte ihm nichts aus. Er wollte nicht sein Leben lang im Dreck wühlen, schwor er sich.

Der Zufall wollte es, dass ein Adeliger seinen Wagen in die Reparatur von Eugens Betrieb steuerte. Der Mann mit den auf Hochglanz polierten Schuhen belohnte Eugen mit einem üppigen Trinkgeld und lud ihn zu sich auf sein Gut ein, damit er sich um den Fuhrpark der Familie kümmerte.

Und so kam es, dass Eugen bald nicht mehr in die Schlosserei ging, sondern auf den Sitz der Familie von Anstein einzog. Er bewohnte ein Zimmer im Dachgeschoss, in das das Mondlicht nachts hereinschien.

Eugen träumte oft davon, wie sein Leben verlaufen wäre, wenn er nicht auf dem Acker eines Bauern gezeugt worden wäre. Er stellte sich vor, dass das Gut, auf dem er jetzt lebte, seines sei. Wie er hübschen Frauen in Handschuhen die Tür in vornehmen Cafés aufhielt.

Doch sein Traum zerplatzte, als sein Heimatland durch kriegerische Unruhen in kleine Länder zerfiel. Die Familie von Anstein suchte das Weite und siedelte in den Westen über. Und Eugen landete wieder auf der Straße und wurde zurück in sein Dasein als ein desillusionierter Niemand und Habenichts katapultiert.

So machte auch er sich auf den Weg in den goldenen Westen.

Er fand eine Beschäftigung in einem Haushaltswarengeschäft in Oldenburg und forschte nach seiner Schwester Evgenia, die er tatsächlich in Bad Zwischenahn aufspürte. Er staunte nicht schlecht, als er sah, wie sich die graue Maus einen guten Job in einem noblen Hotel ergattert hatte. Fast war er ein bisschen neidisch auf sie.

Und dann lernte er Clarissa Hartmann kennen und auch lieben. Er konnte seine Augen nicht mehr von ihr lassen. So eine Schönheit hatte er noch nie gesehen. Und auch ihr Bruder Viktor war ihm gleich von Anfang an ein guter Freund geworden. Eugen träumte davon, Clarissa die Tür aufzuhalten. Und ja, sie mochte ihn auch. Doch er spürte, dass er nur ein Spielzeug für sie war. Auch ihr stand der Sinn nach Höherem. Außer einer Affäre würde er nicht viel abkriegen. Und so war es dann auch, als Clarissa Alexander von Bruch über den Weg lief. Eugen war nur noch im Weg. Und dann wurde er ausgerechnet von einem Blaublütigem ausgestochen. Sah Clarissa denn nicht, wie sein Herz blutete? Er war immer nur auf der Verliererseite, so sehr er sich auch anstrengte. Sogar eine Abendschule besuchte er, damit er Clarissa etwas bieten konnte. Doch sie lachte ihn nur aus. Vielleicht nicht einmal böswillig, doch es verletzte ihn tief.

Und diesen Alexander von Bruch, den lachte sie niemals aus. Sie hing an seinen Lippen, wenn er auch nur das Kleingedruckte auf einer Packung Brot las. Er war der Inbegriff von Liebe für sie geworden.

Eugen spürte immer mehr den Drang von früher, als er den Fliegen die Flügel ausgerissen hatte. Wenn es sein musste, dann würde er diesen Nebenbuhler töten.

Als Clarissa schwanger wurde und Eugen herausbekam, dass das Kind nur von ihm sein konnte, brannten bei ihm alle Sicherungen durch. Doch er hielt sich zurück und schaffte es tatsächlich, Clarissa und ihren Bruder Viktor von dem hässlichen Plan zu überzeugen, dass man diesen alten feinen, aber sehr reichen Pinkel doch um sein Vermögen erleichtern könnte.

Clarissa, der der Zorn in Eugens Augen nicht entgangen war, willigte nur zum Schein in das böse Spiel ihres jungen Gespielen ein.

Als Eugen spürte, dass etwas nicht stimmte und er Clarissa in das Anwesen von Alexander von Bruch heimlich gefolgt war, bahnte sich die Gewalt, als er ihr glockenhelles Lachen hörte, als sie sich über ihn lustig machten, ihren Weg.

Eugen hatte sich noch nie so klein und hässlich gefühlt. Voller Wut schlug er auf Alexander von Bruch ein, als wenn es das Letzte war, dass er tun würde. Clarissa, die um das Leben ihres Geliebten wie eine Löwin kämpfte, bekam allen Hass zu spüren, bis sie ihren letzten Atem ausgehaucht hatte.

Erst danach fühlte Eugen sich wieder frei.

Und jetzt saß er hier unter einer Brücke. Die Kleidung klamm. Seine heimliche Geliebte Rosa, auf die er sich so gefreut hatte, servierte ihn eiskalt ab, als das Geschäft mit dem Adeligen ins Wasser gefallen war. Und mit einem Mörder, da wolle sie sowieso nichts zu tun haben.

Eugens Hände wurden steif. Seine Lippen liefen blau an. Den letzten Schluck aus der Flasche nahm er im Wahn. Ein Vagabund, der den jungen Mann entdeckte, raubte ihm das letzte Hab und Gut und ließ ihn liegen.

Eugen starb an einem Morgen im März an gebrochenem Herzen. Eigentlich hätte es ein schöner Tag werden können, denn der Frühling begann.

Ein neuer Tag

Die nächsten Tage verbrachte Eva damit, die restlichen Fragen zu dem Fall mit Clarissa Hartmann und Alexander von Bruch abzuklären. Es war schon komisch, wie tragisch manche Beziehungen endeten. Vielleicht waren solche Verbindungen, wo Liebe im Spiel war, die schwierigsten überhaupt. Gefühle konnten einen in die falsche Richtung steuern. Man tat Dinge, die man vom Verstand her niemals gemacht hätte. So wie zum Beispiel die Tatsache, dass Jürgen jetzt überall in ihrer Wohnung seine Sachen verstreute. Andauernd stolperte sie über seine Schuhe und hob Socken auf. Sie hätte niemals gedacht, dass er so ein unordentlicher Mensch war. Auch seinen Frühstücksteller ließ er einfach auf dem Küchentisch stehen. Das nervte sie gewaltig. Sie wollte nicht hinter ihm herräumen. Aber meckern wäre in dieser Lage auch blöd gewesen, weil er das alles ja für sie tat. Sie gingen jetzt auch seltener zu ihrem Italiener, weil sie es sich in ihrer Wohnung gemütlich machten. Jürgen kochte sogar mit großer Leidenschaft, wie sie beide amüsiert feststellten.

Ach, alles in allem war es doch ganz nett so, wie es lief.

Die Insel war wieder voller Menschen. Und jeder brachte seine eigene Geschichte mit. Eva fragte sich, welche Tragödie sie als Nächstes um den Schlaf bringen würde. Gäbe es wieder einen Mord auf ihrer Insel?

Während sie am Strand spazieren ging und die Sonne ihre Haut wärmte, passierte genau in diesem Moment etwas, das ihr Leben auf den Kopf stellen würde. Doch das wusste sie jetzt noch nicht.

Ihr Handy klingelte und sie nahm ab.

»Hallo, Eva hier ...«

»Eva, hier ist Lisa Berthold aus Aurich«, kam es vom anderen Ende.

»Hallo Lisa, schön, dass du anrufst. Ich habe gerade einen Fall abgeschlossen und gehe am Strand spazieren.«

»Ach, das trifft sich gut«, lachte Lisa. »Die Sache mit den Fallen hat sich auch aufgeklärt. Aber darüber können wir ja sprechen, wenn wir uns sehen ...«

Stimmt, dachte Eva. Da stand ja noch ein gemeinsamer Ausflug im Raum.

»Hast du denn jetzt schon einen Termin?«, fragte sie.

»Du wirst lachen, ja. Ich habe mit Katrin Birgner aus Leer gesprochen. Sie findet die Idee eines gemeinsamen Wochenendes auch klasse. Sie ist übrigens vor Kurzem Mutter geworden und sie macht eine kurze Babypause. Deshalb passt es ihr auch ganz gut. Wir haben uns jetzt auf Anfang Mai verständigt, falls es dir recht ist.«

»Klar«, sagte Eva spontan. »Mai ist doch ein schöner Monat. Da schaufel ich mir auf jeden Fall was frei, egal wer hier gerade um die Ecke gebracht wird.«

»Sehr gesunde Einstellung«, stimmte Lisa lachend zu. »Wir haben uns für Borkum entschieden, ich hoffe, das ist dir recht.«

»Sicher. Auf Borkum war ich noch nicht. Und danke für den Seehund.«

»Gern geschehen. Gut, dann ist ja alles paletti.«

»Okay. Buchst du was für uns?«

»Sicher, kann ich machen. Am besten ein Hotel, wo wir direkt aufs Meer sehen können. Ich hab's da ja nicht so gut wie du.«

»Ja, man kann sich daran gewöhnen«, stimmte Eva zu. Sie hätte jetzt große Lust gehabt, Lisa auch von den unterschwelligen Bedrohungen zu erzählen. Doch sie wollte das Gespräch auch nicht unnötig in die Länge ziehen. Vielleicht bauschte das die Sache nur noch unnötig auf. Oder am Ende hielt sie die junge Kollegin noch für überspannt.

»So, liebe Eva. Ich werde dir die Reisedaten dann noch per Mail zusenden. Ich freu mich echt auf ein Wiedersehen. Bis bald.«

Sie legten auf.

Beschwingt ging Eva zu ihrer Dienststelle und setzte sich einen Kaffee an. Sie war gespannt, wie das Wochenende mit den beiden Frauen werden würde. Als sie sich gerade eingeschenkt hatte, kam Jürgen durch die Tür.

»Das hast du wohl gerochen«, sagte sie und hielt ihm einen Kaffeebecher hin.

»Passt perfekt«, sagte er. »Ich hatte gerade so viel Kundschaft in der Touristinfo, dass ich eine Pause nötig habe.« Er setzte sich mit an ihren Schreibtisch.

»Weißt du was Jürgen«, begann Eva, »ich glaube, du solltest wieder in deine Wohnung ziehen.«

»Ach ja?« Er zog die Augenbrauen hoch.

Sie nickte. »Ja. Ich muss alleine mit meiner Angst fertigwerden, das ist mir jetzt klar.«

»Woher kommt der plötzliche Sinneswandel?«

»Vielleicht liegt es daran, dass ich eben mit der Kollegin aus Aurich telefoniert habe. Lisa, du weißt schon …«

Jürgen nickte.

»Sie ist so eine unglaublich starke Frau. Ich werde, wie du schon weißt, mit ihr und der Kollegin aus Leer im Mai ein gemeinsames Wochenende auf Borkum verbringen.«

»Sicher eine gute Idee«, meinte Jürgen. »Aber ich verstehe noch nicht ganz, was das mit meinem plötzlichen Rauswurf zu tun hat.«

»Ich werfe dich doch nicht raus, Jürgen. Es ist vielmehr so, dass ich erkannt habe, dass ich mich nicht verstecken kann. Ich kann nicht vor meiner eigenen Courage davonlaufen. Ich muss mich den Problemen stellen. Und wenn es jemand auf mich abgesehen hat, dann muss ich mich verdammt nochmal auch selber verteidigen, sonst werde ich doch feige und mache mich kleiner, als ich bin.«

Jürgen sah sie nachdenklich an. Dann sagte er:

»Sicher hast du recht Eva, du bist eine starke Frau. Und keiner sollte meinen, dass er seine Spielchen mit dir treiben oder dich in die Knie zwingen kann. Ich bin doch der beste Beweis dafür.« Er lachte.

Eva lachte auch. Sie hätte nicht gedacht, dass Jürgen ihre Beweggründe auf Anhieb verstehen, geschweige denn, akzeptieren würde. Vielleicht war er doch nicht so einfältig, wie sie manchmal glaubte.

»Danke Jürgen.«

»Wofür.«

»Dass du mich verstehst.«

»Na ja, wir wollen mal nicht gleich übertreiben. Aber ich packe heute Abend meine Sachen.«

Er wird mir fehlen, dachte Eva im nächsten Augenblick. Aber seine herumliegenden Socken nicht.

Das Meer

Die Sonne schien schräg vom Himmel und das Meer spülte sanft wiegende Geräusche an den Strand.

Eva saß auf einer Decke in den Dünen und genoss diese Stimmung. Sie legte ihr Buch zur Seite und fuhr mit einer Hand in den Sand. Viellicht war das Freiheit, dachte sie. Dann hörte sie eine Stimme hinter sich.

»Eva? Was machst du hier?« Es war Jürgen.

»Ach, hallo. Ich wollte einfach mal was anderes sehen als meinen Schreibtisch. Komm, setzt dich doch zu mir.«

»Aber nur, wenn ich nicht störe.«

»Spinner.« Sie klopfte mit der Hand auf die Decke und er ging in die Hocke und streckte seine Beine aus, als er neben ihr saß. »Ist das nicht wunderschön«, sagte sie und zeigte auf das Wasser. »Man hat das Gefühl, dass das Meer nie aufhört.«

»Vielleicht tut es das auch nicht«, sagte er versonnen. In diesem Moment waren sie eins.

»Man hätte eigentlich auch ein Picknick machen können«, sagte Eva, bevor es ihr zu eng wurde.

»Das wäre sicher eine gute Idee gewesen.« Jürgen sah weiter aufs Meer.

»Wieso bist du eigentlich noch nie verheiratet gewesen?«

»Warum interessiert dich das?«

»Menschen, die mit einer Gegenfrage antworten, haben meistens etwas zu verbergen«, sagte Eva lachend.

Jürgen schüttelte den Kopf. »Du meinst, ich hätte mir Rosa schnappen können.«

Das war seine Art der Retourkutsche, dachte Eva.

»Wenn ich ehrlich bin, sie hätte nicht zu dir gepasst«, sagte sie in ernstem Tonfall.

»Gut, dass du das jetzt auch einsiehst.«

Es wurde wieder still.

Eine Spaziergängerin lief mit ihrem Hund vorbei und grüßte freundlich. Eva und Jürgen grüßten zurück. Der Hund jagte einem Ball nach, den die Frau ins Wasser geworfen hatte.

»Hunde sind gute Freunde«, sagte Eva.

»Und wieso hast du dann keinen?«

»Wer sollte sich denn um ihn kümmern?«

»Machst du Witze? Der Hund könnte doch ständig in deiner Dienststelle sein. Zudem hättest du dann auch einen Wachhund, der keine Socken in der Wohnung verstreut.«

»Es ist dir aufgefallen, dass mich das stört ... ich meine, die Socken?«

»Klar, wen würde das nicht stören?«

»Vielleicht Rosa.«

Er drehte sich demonstrativ zu ihr hin. »Also wirklich Eva, können wir Rosa nicht langsam zu den Akten legen?«

Sie nickte.

»Aber über einen Hund solltest du wirklich mal im Ernst nachdenken.«

»Ja, mach ich.«

Sie schwiegen wieder.

»Jürgen«, sagte Eva plötzlich.

»Hm ...«

»Es macht dir doch nichts aus, wenn ich im Mai mit den Kolleginnen wegfahre, oder?«

»Nein nein, ich kriege das mit den Verbrechern auch so lange alleine hin«, sagte er lachend.

»Das meinte ich eigentlich nicht ...«

»Du kannst dir doch auch mal eine Auszeit gönnen«, sagte er ernst. »Sicher wird dir das helfen, wenn du dich mal mit deinesgleichen austauschen kannst.«

So hatte sie das noch gar nicht gesehen. Aber Jürgen hatte recht. Sie drei verband sicher vieles.

»Ich freue mich auch schon sehr darauf.«

»Und wenn du bis dahin einen Hund hast, dann passe ich auf ihn auf.«

Er ist einfach unverbesserlich, dachte Eva und schmunzelte in sich hinein. Er würde immer einen Weg finden, in ihrer Nähe zu sein. Sie griff nach seiner Hand. Er sah sie nicht an, erwiderte aber die Verbindung.

»Ich bin froh, dich kennen gelernt zu haben Jürgen. Habe ich das eigentlich schon einmal gesagt?«

»Weiß ich doch Eva ... mir geht es ja auch so.«

»Und vielleicht sollte alles so bleiben, wie es ist.«

Er erwiderte nichts und beide sahen verträumt aufs Meer.

ENDE

Nachwort

Liebe Leserin, lieber Leser,

ich hoffe, der Ostfrieslandkrimi mit Eva Sturm hat Ihnen Spaß gemacht.

Sicher fragen Sie sich, wer jetzt der anonyme Nachrichtenschreiber war, der Eva um den Schlaf gebracht hat.

Die Auflösung gibt es in dem nächsten Krimi, der am 15.04.2016 erscheint und den Titel »Stille Angst« trägt.

Stille Angst von Moa Graven

Crossover Special mit Eva Sturm - Lisa Berthold - Katrin Birgner

Drei überaus kluge Frauen arbeiten als Ermittlerinnen in Ostfriesland. Eva Sturm auf Langeoog, Lisa Berthold mit Jan Krömer in Aurich und Katrin Birgner mit Kommissar Guntram in Leer. Bei verschiedenen Mordermittlungen, die Ostfriesland in Unruhe versetzen, lernten sie sich bereits flüchtig kennen. Um einmal Abstand von ihren "Männern", den Ermittlerkollegen zu bekommen, beschließen sie, gemeinsam ein schönes Frauen-Wochenende auf Borkum zu verbringen.

Doch ihr Job ist nicht alles, was sie verbindet. In allen drei Frauen lauert eine stille Angst. Denn sie werden latent bedroht von anonymen Anrufern und Nachrichten. Und Katrin Birgner geschah sogar noch Schlimmeres. Sie weiß nicht, wer der Vater ihres Kindes ist.

Als sie sich immer näher kennen lernen, lassen sie die Maske der ewig starken Frau fallen und geben nach und nach zu, dass sie sich von dieser Bedrohung immer mehr in ihrem Alltag beeinflussen lassen. Alle drei leben alleine und können manche Nacht nicht schlafen.

Und dann gibt es auf Borkum einen Toten, der noch einmal alles, an was sie bisher geglaubt hatten, infrage stellt.

Lernen Sie diese drei Frauen bereits jetzt kennen und lesen Sie auch die Krimi-Reihen mit Kommissar Guntram, Jan Krömer und Eva Sturm, um sich auf diesen Nervenkitzel einzustimmen!

Kommissar Guntram Krimi-Reihe (Katrin Birgner)

"Mörderischer Kaufrausch"
"Mord im Gebüsch"
"Mordsgeschäfte"
"Das Meer schweigt ..."
"Märchenhafte Morde"
"Hinter verschlossenen Türen"
"Teezeit"

Jan Krömer Krimi-Reihe (Lisa Berthold)
"KillerFEE"
"Todesspiel am Großen Meer"
"Kneipenkinder"
"Fallensteller"

Eva Sturm ermittelt (Eva Sturm)
"Verliebt ... Verlobt ... Verdächtig"
"Justitias Schwäche"
"Bitterer Todesengel"
"Blaues Blut"

Zur Autorin

Moa Graven wurde 1962 in Ostfriesland geboren und wohnt in Leer (Ostfriesland). Das Schreiben gehörte schon von Kindesbeinen an zu ihren Leidenschaften, sie liebte Papier und schrieb alles auf, was ihr in den Sinn kam. Auch hat sie unter der vielbesprochenen Bettdecke nächtelang gelesen. Beruflich schlug sie zunächst eine Laufbahn in der Verwaltung ein und arbeitet seit dem Jahr 2000 auch als freie Journalistin. Seit Sommer 2013 schreibt sie die Kommissar Guntram Krimi-Reihe, die in Ostfriesland angesiedelt ist. Im Sommer 2014 kam die Ermittler-Reihe mit Jan Krömer hinzu. Eva Sturm ermittelt seit Mai 2015 auf Langeoog. Mit den Ostfrieslandkrimis, die in ihrem im April 2014 gegründeten cri.ki-Verlag erscheinen, ist sie jetzt in ihrem Lieblingsgenre, dem Krimi, angekommen. Besuchen Sie die Autorin auch gerne auf ihrer Homepage www.moa-graven.de